Autor _ SADE
Título _ O CORNO DE SI PRÓPRIO
E OUTROS CONTOS

Copyright _ Hedra 2009
Tradução© _ Plínio Augusto Coêlho
Corpo editorial _ Adriano Scatolin,
Alexandre B. de Souza,
Bruno Costa, Caio Gagliardi,
Fábio Mantegari, Iuri Pereira,
Jorge Sallum, Oliver Tolle,
Ricardo Musse, Ricardo Valle

Dados _
Dados Internacionais de Catalogação na Publicação (CIP

S129   Sade (1740–1814)
O corno de si próprio e outros contos. /
Sade. Tradução de Plínio Augusto Coêlho.
Introdução de Guillaume Apollinaire. — São
Paulo: Hedra, 2009. (Série Erótica). 112 p.

ISBN 978-85-7715-140-0

1. Literatura Francesa. 2. Contos. 3. França.
4. Relações Sociais. 5. Erotismo. I. Título.
II. Série. III. Sade, Donatien Alphonse
François de (1740–1814). IV. Marquês de
Sade (1740–1814). V. Coêlho, Plínio Augusto,
Tradutor. VI. Apollinaire, Guillaume.
CDU 840
CDD 840

Elaborado por Wanda Lucia Schmidt CRB-8-1922

Direitos reservados em língua
portuguesa somente para o Brasil

EDITORA HEDRA LTDA.

Endereço _
R. Fradique Coutinho, 1139 (subsolo)
05416-011 São Paulo SP Brasil
Telefone/Fax _ +55 11 3097 8304
E-mail _ editora@hedra.com.br
Site _ www.hedra.com.br
Foi feito o depósito legal.

Autor _ SADE
Título _ O CORNO DE SI PRÓPRIO E OUTROS CONTOS
Organização e tradução _ PLÍNIO AUGUSTO COÊLHO
Introdução _ GUILLAUME APOLLINAIRE
Série _ ERÓTICA
São Paulo _ 2011

Donatien Alphonse François de Sade (Paris, 1740 — Charenton-Saint-Maurice, 1814), mais conhecido como Marquês de Sade, foi escritor, filósofo e talvez o mais comentado (e odiado) libertino de sua época. Perseguido por suas ideias e atos de devassidão, tanto pelo Antigo Regime como pelos revolucionários pós-1789, Sade passou nada menos que 27 anos de sua vida em prisões e hospícios. Filho único de uma influente família aristocrata, ingressa aos 10 anos no Colégio Louis-Le-Grand, dirigido por jesuítas, de onde segue quatro anos depois para a Escola de Cavalaria Ligeira, destinada apenas aos filhos da nobreza. Aos 23, logo após casamento arranjado com Renée-Pélagie Montreuil, é detido pela primeira vez, por quinze dias, acusado de atos libidinosos e blasfêmia. Sua obra, que lhe marcaria para sempre com o estigma da crueldade, da perversidade e de um ateísmo renitente, foi quase toda ela escrita nesses longos períodos de encarceramento. Reabilitado no século XIX, graças ao empenho de Guillaume Apollinaire, que o libertou do "inferno" da Biblioteca Nacional da França — seção onde ficavam os autores proibidos e banidos —, foi objeto de estudo de vários intelectuais e escritores no século XX, como Jean Paulhan, Jean Cocteau, Barthes, Simone de Beauvoir, Pierre Klossowski, entre muitos outros.

O corno de si próprio e outros contos reúne dez histórias que tratam, de forma mordaz e cômica, dos desvios do comportamento sexual de indivíduos que publicamente professam uma moralidade rígida e recatada. Dentre os grupos mais atingidos pela sátira do Marquês encontram-se a nobreza e o clero, sempre presentes para encarnar as mais escabrosas preferências sexuais. A tônica das histórias é a engenhosidade das personagens, capazes das mais complicadas artimanhas para satisfazer sua luxúria. Assim, a galeria de tipos e situações cômicas inclui a mulher que tem dois amantes e complica-se com os horários, o marido que encontra a própria esposa numa aventura supostamente extraconjugal, a esposa super-recatada que mantém uma vida devassa e secreta ou a esposa que pune os hábitos bestiais do marido submetendo-o ao mesmo tratamento. Em todos os contos o autor ressalta a hipocrisia moral daqueles agentes sociais que são os mais tresloucados tarados sob uma aparência de decência e rigidez moral.

Plínio Augusto Coêlho fundou em 1984 a Novos Tempos Editora, em Brasília, dedicada à publicação de obras libertárias. A partir de 1989, transfere-se para São Paulo, onde cria a Editora Imaginário, mantendo a mesma linha de publicações. É idealizador e cofundador do IEL (Instituto de Estudos Libertários).

Guillaume Apollinaire (Roma, 1880-Paris, 1918), poeta, narrador, dramaturgo e crítico de arte francês, foi um dos líderes das vanguardas em Paris nas duas primeiras décadas do século XX. Publica em 1913 o volume de poemas que todos reconheceriam como sua obra-prima, *Alcools*, um dos mais importantes livros de poesia do modernismo europeu. Trata-se de um conjunto de poemas escritos ao longo dos quinze anos anteriores à publicação e que registram a transição do poeta do paradigma simbolista para aquele que seria conhecido como cubista, exemplificado pelo fundamental "Zone", que abre o livro. Foi também um precursor do poema gráfico que teria grande fortuna no século XX com seu livro *Caligrammes* (1918). Em seu livro *As onze mil varas* parodia o Marquês de Sade e o gênero pornográfico. Organizou a primeira antologia francesa do Marquês de Sade (*L'Œuvre du Marquis de Sade*, pages choisies, introduction, essai bibliographique et notes G. Apollinaire. Paris: Bibliothèque des Curieux, 1909).

Série Erótica dedica-se à consolidação de um catálogo de literatura erótica e pornográfica em língua portuguesa, ainda pouco editada e conhecida pelo público brasileiro. Reúne memórias, relatos, poesia e prosa em seus mais variados gêneros e vertentes, constituindo um vasto panorama da literatura erótica mundial.

SUMÁRIO

Introdução, por Guillaume Apollinaire	9
O CORNO DE SI PRÓPRIO E OUTROS CONTOS	31
O marido padre: conto provençal	33
O marido que recebeu uma lição	43
A pudica, ou o encontro imprevisto	51
Há lugar para dois	61
Enganai-me Sempre Assim	65
O Esposo Complacente	67
O Talião	69
O Professor Filósofo	75
O Corno de si próprio, ou a Reconciliação Imprevista	79
Augustine de Villeblanche, ou o estratagema do amor	91

INTRODUÇÃO

Não tendo a intenção de apresentar aqui uma biografia detalhada do Marquês de Sade, encaminho os leitores às obras que podem impor-se de maneira incontestável: aquelas do sr. Paul Ginisty,[1] do doutor Eugène Duehren,[2] do doutor Cabanès,[3] do doutor Jacobus x,[4] do sr. Henri d'Alméras[5] etc. A biografia completa do Marquês de Sade ainda não foi escrita. Não está longe, sem dúvida, o tempo em que todos os materiais tendo sido reunidos, será possível esclarecer os pontos ainda misteriosos da existência de um homem considerável sobre o qual correu e ainda corre um grande número de lendas.

Os trabalhos empreendidos nesses últimos anos na França e na Alemanha dissiparam muitos erros. Ainda há muitos que deverão ser dissipados.

---

[1] Paul Ginisty. *La Marquise de Sade*. Paris, Charpentier (1901).

[2] Dr. Eugen Duehren. *Der Marquis de Sade und seine Zeit*, Berlim. Tradução de Octave Uzanne, *Le Marquis de Sade et son temps*. Paris (Michalon, 1901). *Neue Forschungen über den Marquis de Sade und seine Zeit*. Berlim, Max Harrwitz.

[3] Docteur Cabanès. *La Prétendue folie du Marquis de Sade* em *Le Cabinet Secret de l'Histoire*, 4ª série.

[4] *Le Marquis de Sade et son oeuvre devant la science médicale et la littérature moderne*, pelo doutor Jacobus x. Paris, Charles Carrington, 1901.

[5] Henri d'Alméras, *Le Marquis de Sade, l'homme et l'écrivain*. Paris, Albin Michel (s.d.).

INTRODUÇÃO

Donatien-Alphonse-François, marquês e, mais tarde, conde de Sade, nasceu em Paris em 2 de junho de 1740. Sua família era uma das mais antigas da Provença, e seu brasão possuía "sobre fundo vermelho uma estrela de ouro trazendo em seu centro uma águia negra coroada de vermelho". Contava entre seus ancestrais Hugo III, que desposou Laura de Noves, tornada imortal por Petrarca.

O Marquês de Sade (continuaremos a dar-lhe esse título que a história conservou-lhe) professou sempre pelo grande poeta uma admiração que os biógrafos ainda não assinalaram. O Marquês de Sade era sensível à poesia, e encontraremos em *Os crimes do amor* testemunhos de seu gosto pelo lirismo de Petrarca. Aos dez anos, o Marquês de Sade foi colocado no colégio Louis-le-Grand. Aos catorze, ingressou na cavalaria ligeira, de onde passou, como subtenente, ao regimento do rei. Tornou-se, em seguida, tenente de carabineiros e obteve nos campos de batalha, na Alemanha, durante a Guerra dos Sete Anos, a patente de capitão. Segundo Dulaure (*Liste des ci-devant nobles*, Paris, 1790), o Marquês de Sade teria ido nessa época até Constantinopla. Reformado, retornou a Paris e casou-se em 17 de maio de 1763. No ano seguinte, teve seu primeiro filho, Louis-Marie de Sade, que, em 1783, era tenente no regimento de Soubise; emigrou em 1791, fez-se gravurista em seu retorno à França, e publicou, em 1805, uma *História da nação francesa*, que tem méritos, e na qual manifesta um conhecimento bastante profundo e recente da época céltica, retomando, em seguida, o serviço militar; foi enviado a Friedland e morreu assassinado na Espanha, em 9 de junho de 1809, por guerrilheiros.

O Marquês de Sade desposara, contra a sua vontade, a senhorita de Montreuil. Ele teria preferido casar-se com a irmã mais jovem desta última. Aquela a quem amava foi colocada num convento, causando-lhe grande decepção, grande tristeza, e levando-o a entregar-se, assim, à libertinagem. O Marquês de Sade deu muitos detalhes autobiográficos relativos à sua infância e sua juventude em *Aline e Valcour*, em que descreve-se sob o nome de Valcour. Talvez encontremos em *Juliette* detalhes sobre sua estada na Alemanha. Quatro meses após seu casamento, foi encarcerado em Vincennes. Em 1768, eclodiu o escândalo da viúva Rose Keller. O Marquês de Sade, segundo parece, era menos culpado do que se sustentou. Esse caso ainda não foi esclarecido. Em relação a isso, o sr. Charles Desmazes (*Le Châtelet de Paris*, Didier et Cie, 1863, p. 327) indica:

Nos papéis dos comissários de Châtelet encontra-se, lavrado por um deles, o auto de infração contra o Marquês de Sade, acusado de ter, em Arcueil, retalhado a golpes de canivete uma mulher que ele pusera nua e amarrada a uma árvore, e de ter vertido sobre as feridas sangrentas cera ardente.

E o doutor Cabanès, que assinalou essa passagem do livro de Charles Desmazes em *La Chronique médicale* (15 de dezembro de 1902), acrescenta: "É um dossiê que seria útil reencontrar e publicar para esclarecer o processo sempre pendente do divino marquês".

De qualquer modo, a partir de 1784, num de seus relatórios, o inspetor de polícia Marais dizia: "Recomendei vivamente à Brissaut, sem maiores explicações, não lhe fornecer moças para acompanhá-lo às casas de campo."

INTRODUÇÃO

Marais escrevia ainda, em seu relatório de 16 de outubro de 1767:

> Não tardará a se ouvir falar ainda dos *horrores* do sr. Conde de Sade. Ele faz o impossível para convencer a senhorita Rivière, da Ópera, a viver com ele e ofereceu-lhe vinte e cinco luíses por mês, sob a condição de que nos dias em que ela não estivesse no espetáculo, iria passá-los com ele em sua casa de campo de Arcueil. A senhorita em questão recusou.

Sua casa de campo de Arcueil, *l'Aumônerie*, teria abrigado, segundo os rumores públicos, orgias cuja encenação, sem dúvida, devia ser pavorosa, sem que ali se cometesse, creio, verdadeiras crueldades. O caso Rose Keller acarretou a segunda prisão do Marquês de Sade. Ele foi encarcerado no castelo de Saumur, depois na prisão de Pierre-Encize, em Lyon. Ao final de seis semanas, foi posto em liberdade. Em junho de 1772 ocorre o caso de Marselha; era ainda menos grave do que o caso da viúva Keller. Entretanto, o Parlamento de Aix condenou o marquês à pena de morte por contumácia. Esse julgamento foi cassado em 1778. Às vésperas de sua segunda condenação, o marquês fugiu para a Itália levando consigo a irmã de sua mulher.

Após ter percorrido algumas grandes cidades, quis aproximar-se da França e foi a Chambéry, onde foi preso pela polícia sarda e encarcerado no castelo de Miolans, em 8 de dezembro de 1772. Graças à sua jovem esposa, conseguiu escapar na noite de 1º para 2 de maio de 1773. Depois de uma curta estada na Itália, retornou à França e retomou, no castelo de La Coste, sua vida de orgias. Ia assaz frequentemente a Paris, onde foi preso em 14 de janeiro de 1777, e conduzido à torre de Vincennes e, de lá, transferido a Aix, onde um decreto de 30 de junho cassou a sentença de 1772. Um novo julgamento condenou-o, por fatos de *libertinagem extrema*, a não pisar em Marselha durante três anos e a cinquenta libras de multa em benefício da obra dos prisioneiros. A liberdade não lhe foi devolvida.

Durante o trajeto de Aix a Vincennes, escapou uma vez mais graças à sua mulher, e foi detido alguns meses depois no castelo de La Coste. Em abril de 1779, foi novamente encarcerado em Vincennes, onde teve um amor platônico pela srta. de Rousset, uma amiga de sua mulher, e de onde só sairia para entrar na Bastilha, em 29 de fevereiro de 1784. Lá escreveu a maioria de suas obras. Em 1789, tendo conhecido a Revolução que se preparava, o Marquês de Sade começou a agitar-se; entrou em conflito com o sr. de Launay, governador da Bastilha. Em 2 de julho teve a ideia de servir-se, à guisa de megafone, de um longo tubo de ferro, terminando numa de suas extremidades por uma espécie de funil, e que lho deram para esvaziar seus líquidos na fossa por sua janela que dava para a rua Saint-Antoine; várias vezes gritou que "degolavam os prisioneiros da Bastilha e que era preciso invadir a Bastilha para libertá-los".[6] Nessa época, havia pouquíssimos prisioneiros na Bastilha, e é bastante difícil esclarecer as razões que, excitando o furor do povo, conduziram-no justamente contra uma prisão quase deserta. Não é impossível que tivessem sido os apelos do Marquês de Sade e os papéis

[6] Ver: *Répertoire ou Journalier du château de la Bastille à commencer le mercredi 15 mai 1782*, publicado em parte por Alfred Begis (*Nouvelle Revue*, novembro e dezembro de 1882). — *La Bastille dévoilée*, por Manuel. — *Le Marquis de Sade*, por Henri d'Alméras.

que ele lançava por sua janela, nos quais dava detalhes sobre as torturas a que eram submetidos os prisioneiros no castelo e que, exercendo alguma influência sobre os espíritos já excitados, determinaram a efervescência popular e provocaram, enfim, a tomada da velha fortaleza.

O Marquês de Sade já não estava na Bastilha. O sr. de Launay, tendo concebido temores bastante sérios (e isso não iria contra a hipótese de o Marquês de Sade ser a causa do 14 de julho), havia solicitado que o livrassem de seu prisioneiro, e, sob uma ordem real datada de 3 de julho, o Marquês de Sade havia sido transferido em 4 de julho, a uma hora da manhã, ao hospício de Charenton. Um decreto da Assembleia Constituinte relativo às *lettres de cachet* devolveu ao marquês sua liberdade. Saiu do hospício de Charenton em 23 de março de 1790.

Sua mulher, que se retirara ao convento de Saint-Aure, não quis tornar a vê-lo e obteve, em 9 de junho do mesmo ano, uma sentença do Châtelet que deferia o pedido de separação *de corpos e habitação*. Essa infeliz mulher entregou-se à devoção e morreu em seu castelo de Échauffour, em 7 de julho de 1810.

Em liberdade, o Marquês de Sade levou uma vida regular, vivendo de sua pena. Publicou suas obras, levou à cena suas peças em Paris, Versalhes e, talvez, Chartres. Experimentou sérias dificuldades pecuniárias, solicitando em vão um cargo, qualquer que fosse:

Talhado para negociações, nas quais seu pai passou vinte anos, conhecendo uma parte da Europa, podendo ser útil à composição ou à redação de alguma obra de que se necessite, à organização, à gestão de uma biblioteca, de um gabinete ou de um museu, Sade, em resumo, que não é desprovido de talento, implora vossa justiça e vossa benevolência; ele vos suplica para empregá-lo." (*Carta ao convencional Bernard (de Saint-Affrique)*, 8 ventoso do ano III (27 de fevereiro de 1795).

Frequentava assiduamente as sessões da Sociedade Popular de sua seção, a Section des Piques. Foi amiúde o porta-voz da seção. O Marquês de Sade era um autêntico republicano, admirador de Marat, mas inimigo da pena de morte, e tendo em política ideias próprias. Expôs suas teorias em várias obras. Em sua *Idée sur le mode de la sanction des lois*, indica como entende que a lei, proposta pelos deputados, seja votada pelo povo, porque é preciso admitir "à sanção das leis essa parte do povo mais maltratada pelo destino, e visto que é ela que a lei *atinge* na maioria das vezes, cabe-lhe, então, escolher a lei pela qual consente ser atingida". Sua conduta sob o Terror foi humana e benfazeja; suspeito sem dúvida por causa de suas declamações contra a pena de morte, foi preso em 6 de dezembro de 1794,[7] mas posto em liberdade graças ao deputado Rovère, em outubro de 1794.

Durante o Diretório, o marquês cessou de ocupar-se de política. Recebia muitas pessoas em sua residência, rua do Pot-de-Fer-Saint-Sulpice, para onde se mudara. Uma mulher pálida, melancólica e distinta, desempenhava a função de dona de casa. O marquês nomeava-a, às vezes, sua Justine, e diziam que se tratava de uma filha de um emigrado. O sr. d'Alméras pensa que essa mulher era a *Constance* à qual *Justine* havia sido dedi-

---

[7] Data incorreta. Sade foi preso em 8 de novembro de 1793 e libertado em 15 de outubro de 1794. (N. do T.)

cada. De qualquer modo, as informações concernentes a essa *amiga* são completamente inexistentes.

Em julho de 1800, o marquês publicou *Zoloé et ses deux acolythes*, um *roman à clef* que provocou um enorme escândalo. Neste, reconheciam-se o Primeiro Cônsul (d'Orsec, anagrama de Corse), Joséphine (Zoloé), Sra. Tallien (Laureda), sra. Visconti (Volsange), Barras (Sabar), Tallien (Fessinot) etc... O marquês foi obrigado a editá-lo ele próprio. Sua prisão foi decidida em 5 de março de 1801; foi preso no escritório de seu editor, Bertrandet, a quem deveria entregar um manuscrito remanejado de *Juliette*, que serviu de pretexto a essa prisão. Foi encarcerado em Sainte-Pélagie, e de lá transferido ao hospital de Bicêtre, como louco, e, enfim, encerrado no hospício de Charenton, em 27 de abril de 1803. Lá morreu, aos 75 anos, em 2 de dezembro de 1814, tendo passado 27 anos, dos quais catorze de sua idade madura, em onze prisões diferentes.

***

Ainda não se conhece um retrato autêntico do Marquês de Sade. Publicou-se um medalhão fantasista, provindo da coleção do sr. de La Porte, no frontispício de *Le Marquis de Sade*, por Jules Jamin. — *La Vérité sur les deux procès criminels du Marquis de Sade, par le bibliophile Jacob, le tout précédé de la Bibliographie des oeuvres du Marquis de Sade, Paris, chez les marchands de nouveautés, 1833* (data errada, a brochura foi publicada mais tarde), in-12 quadrado de VIII e 62 páginas.

"Um outro retrato", diz o sr. Octave Uzanne (introdução a *Idée des Romans*), "apresenta-nos Sade com um rosto jovem cercado de demônios; essa gravura ridícula acusa a procedência da coleção do sr. H. de Paris. Esse retrato é tão falso quanto os outros."[8]

Existe um outro retrato, igualmente falso. Ele foi feito sob a Restauração por meio do medalhão do sr. de La Porte, ao qual acrescentaram faunos, um barrete de loucura, um açoite e, embaixo, o marquês em sua prisão.

Disseram que, em sua infância, seu rosto era tão encantador que as senhoras detinham-se para olhá-lo. Ele tinha um rosto redondo, olhos azuis, cabelos louros e frisados. Seus movimentos eram perfeitamente graciosos e sua voz harmoniosa tinha acentos que tocavam o coração das mulheres.

Autores sustentaram que ele apresentava uma aparência afeminada e que, desde sua infância, tinha sido um homossexual passivo. Não creio que existam provas dessa afirmação.

Charles Nodier, em seus *Souvenirs, Épisodes et Portraits de la Révolution et de l'Empire*, dois tomos, Paris, Alphonse Levavasseur éditeur, Palais-Royal, 1831 (T. II, *Les prisons sous le Consulat*, 1ª parte, *Le Dépôt de la préfecture et le Temple*), conta que o viu em 1803 (na realidade, isso se passou em 1802, assim como o observou o sr. d'Alméras). Dormiu na mesma sala que ele, onde eles eram quatro prisioneiros.

Um desses senhores levantou-se muito cedo porque iria ser transferido e fora prevenido. De início, não observei nele senão uma enorme obesidade que incomodava bastante seus movimentos para impedi-lo de exibir um resto de graça e

---

[8] Apareceu como frontispício de uma edição da *Correspondance de Mme Gourdan*.

elegância das quais encontrávamos vestígios no conjunto de suas maneiras. Seus olhos fatigados conservavam, no entanto, não sei o quê de brilhante e fino que se reavivavam de tempos em tempos como uma centelha expirante sobre um carvão que se apaga. Não era um conspirador, e ninguém podia acusá-lo de ter tomado parte nos assuntos políticos. Como seus ataques nunca se dirigiram senão a duas potências sociais de uma assaz grande importância, mas cuja estabilidade dizia muito pouco respeito às instruções secretas da polícia, isto é, a religião e a moral, a autoridade acabara de conceder-lhe uma grande parte de indulgência. Ele fora enviado às margens das belas águas de Charenton, relegado sob rico verdor, e fugiu quando quis. Soubemos alguns meses depois, na prisão, que o sr. de Sade havia escapado.

Não tenho uma ideia clara do que ele escreveu, embora constatasse a existência de livros; eu os olhei mais do que folheei para verificar de um lado a outro se o crime transpirava por toda a parte. Conservei dessas monstruosas torpezas uma vaga impressão de estupefação e horror; mas há uma grande questão de direito político a colocar ao lado desse grande interesse da sociedade, tão cruelmente ultrajada numa obra cujo próprio título tornou-se obsceno. Esse de Sade é o protótipo das vítimas *extra*judiciais da alta justiça do Consulado e do Império. Não souberam como submeter aos tribunais, às suas formas públicas e a seus debates espetaculosos um delito que ofendia de tal modo o pudor moral de toda a sociedade que mal se podia caracterizá-lo sem perigo, e é verdadeiro dizer que os materiais desse ignóbil processo eram mais repulsivos a explorar do que o andrajo ensanguentado e o pedaço de carne morta que desvendam um assassinato. Foi um corpo não-judiciário, o Conselho de Estado, creio, que proferiu contra o acusado a prisão perpétua, e o arbitrário não perdeu a oportunidade de fundar-se, como se diria hoje, sobre esse *precedente* arbitrário...

...Eu disse que esse prisioneiro só passou sob meus olhos.

Recordo-me apenas que ele era educado até a obsequiosidade, afável até a unção, e falava respeitosamente de tudo o que respeitamos.

Ange Pitou também teria visto o marquês na mesma época. O retrato que ele esboça parece bastante verídico. Com efeito, sentimos transparecer em Pitou, em relação ao Marquês de Sade, uma certa simpatia que o cantor monarquista não teria experimentado em relação a um homem que não tivesse conhecido, que todo mundo denegria e que, para fazer como todo mundo, o próprio Pitou crê-se obrigado a apresentar como um monstro em quem ele descobre, todavia, *vestígios de generosidade*.

Eis o relato de Ange Pitou:[9]

Nos dezoito meses que passei em Sainte-Pélagie, em 1802 e 1803, aguardando o perdão, encontrava-me no mesmo corredor que o famoso Marquês de Sade, autor da mais execrável obra que a perversidade humana jamais inventou. Esse miserável estava tão maculado da lepra dos crimes mais inconcebíveis que a autoridade o havia aviltado abaixo do suplício e, inclusive, abaixo da besta, ordenando-o entre os maníacos: a justiça, não querendo sujar seus arquivos com o nome desse ser, nem que o algoz, golpeando-o, fizesse-lhe obter a celebridade da qual estava tão ávido, havia-o relegado a um canto de prisão, dando a todo detento a permissão para livrá-la desse fardo.

A ambição da celebridade literária foi o princípio da depravação desse homem, que não havia nascido mau. Sem poder elevar seu voo ao nível daquele dos escritores morais

---

[9] *Analyse de mes malheurs et de mes persécutions depuis vingt-six ans*, por L. A. Pitou, autor de *Voyage à Cayenne* e de *L'Urne des Stuarts et des Bourbons*, em Paris, 1816 (p. 98).

de primeira ordem, resolveu entreabrir o abismo da iniquidade e nele precipitar-se para reaparecer com as asas do gênio do mal e imortalizar-se sufocando toda virtude e divinizando publicamente todos os vícios. Entretanto, ainda se percebiam nele vestígios de alguma virtude, tal como a generosidade. Esse homem fremia à ideia da morte e caía em síncope ao ver seus cabelos brancos. Às vezes, chorava e exclamava, num começo de arrependimento que não tinha continuidade: "Mas por que sou tão detestável e por que o crime é tão encantador? Ele imortaliza-me, é preciso fazê-lo reinar no mundo".

Esse homem tinha fortuna e nada lhe faltava; às vezes entrava em meu quarto e encontrava-me rindo, cantando e sempre de bom humor, comendo sem aversão e sem tristeza meu pedaço de pão preto ou minha sopa da prisão. Seu rosto inflamava-se de raiva. — Sois, então, feliz? — perguntava. — Sim, senhor. Feliz! — Sim, senhor. — Depois, pondo a mão sobre meu coração e saltitando, dizia-lhe: — Não tenho aqui nada que me pese, sou um milorde, senhor marquês; vede, tenho rendas na minha gravata, no meu lenço; eis punhos de renda que não me custaram muito caro e, em vez de bordados, vou lançar a moda de festonar ou franjar as vestes. — Sois louco, senhor Pitou. — Sim, senhor marquês; todavia, na miséria, tenho a paz do coração. — Ele aproximava-se de minha mesa e a conversação continuava: — O que ledes aí? — É a Bíblia. — Esse Tobias é um bom homem, mas esse Jó inventa histórias. — Histórias, senhor, que serão realidades para vós e para mim. — Bah! Realidades, senhor, credes nessas quimeras e podeis rir? — Somos loucos, um e outro, senhor marquês, vós porque tendes medo de vossas *quimeras*, eu de rir por crer em minhas *realidades*.

Esse homem acaba de morrer em Charenton... Eu estou livre...

O Marquês de Sade também é mencionado em uma

obra[10] de P.-F.-T.-J. Giraud. Essa nota confirma o que já se sabia da tenacidade, da vontade, da indomável energia do marquês:

De Sade, o abominável autor do mais horrível dos romances, passou vários anos em Bicêtre, em Charenton e em Sainte-Pélagie. Ele sustentava incessantemente que não havia absolutamente escrito a infernal J***, mas M. de G***, jovem autor que ele amiúde atacava, provou-lhe dessa maneira: — Confessais *Les Crimes de l'amour*, obra quase moral que porta vosso nome; acrescentais a esse título: "Pelo autor de *Aline et Valcour* e, no prefácio dessa última produção, ainda *pior* que J***, vós vos declarais o autor dessa infame obra; resignai-vos. — Considerada sob os aspectos fisiológicos, a cabeça desse pintor do crime pode passar por uma das mais estranhas monstruosidades que a natureza jamais produziu. Assegura-se que ele próprio fez as tentativas de vários desregramentos por ele descritos com uma pavorosa energia. Ele era prolífico em horrores, e sua odiosa fecundidade impunha-lhe a necessidade de gerar sempre novos até nas prisões onde queriam sufocar seu infernal gênio. Inspetores de polícia tinham a missão de visitar com frequência os locais que habitava e confiscar todos os escritos que lá encontrassem, e que ele, às vezes, escondia de modo a tornar as buscas muito difíceis. O senhor... st, amiúde encarregado de fazer essas visitas, disse a várias pessoas que, malgrado a diminuição da vitalidade provocada pela idade, ele ainda engendrava, por meio do fogo dessa imaginação verdadeiramente vulcânica, produções ainda mais abomináveis do que aquelas entregues ao público.

[10] *Histoire générale des prisons sous le règne de Buonaparte, avec des Anecdotes curieuses et intéressantes sur la Conciergerie, Vincennes, Bicêtre, Sainte-Pélagie, La Force, le Châteaux de Joux etc., etc., et les personnages marquants qui y ont été détenus*, por P.-F.-T.-J., Giraud. Paris, 1814, in-8.

É possível que as caixas do *bureau* de costumes da chefatura de polícia sirvam de catacumbas a esses filhos infames de uma depravação que não se poderia qualificar; mas também é desejável que eles retornem ao nada de onde jamais deveriam ter saído.

O doutor Cabanès (*Chronique médicale*, de 15 de dezembro de 1902), após ter deplorado o fato de não se conhecer absolutamente imagem real do Marquês de Sade, acrescenta:

Acreditamos, no entanto, que existe uma: uma deliciosa miniatura que se encontra em posse de um erudito colecionador, o qual, apressemo-nos em dizer, não se livraria dela facilmente, ainda que para uma reprodução.

Quanto a Restif de la Bretonne, que conhecia muito bem as obras do Marquês de Sade, impressas e, inclusive, manuscritas, e preocupava-se com elas, nunca o encontrou. "É", diz ele em *Monsieur Nicolas*, "um homem de longa barba branca, carregado em triunfo quando o tiraram da Bastilha." Sabemos, contudo, que em 14 de julho, o Marquês de Sade já não se encontrava na Bastilha.

Desde sua juventude, entregou-se às mais variadas leituras, lendo todos os tipos de livros, mas preferindo as obras de filosofia, de história e, sobretudo, os relatos dos viajantes que lhe davam informações sobre os costumes dos povos distantes. Ele próprio observava muito. Era bom músico, dançava à perfeição, montava muito bem a cavalo, era muito bom esgrimista e praticou, inclusive, escultura. Amava a pintura e passava longas horas nas galerias de quadros. Era amiúde visto naquelas do Louvre. Seus conhecimentos eram extensos em todas as matérias. Dominava o italiano, o provençal (ele próprio intitulava-se o *trovador provençal* e compôs versos provençais) e o alemão. Deu grande número de provas de sua coragem. Amava acima de tudo a liberdade. Tudo — suas ações, seu sistema filosófico testemunham seu gosto apaixonado pela liberdade da qual foi privado tão amiúde durante o transcurso daquilo que seu criado Carteron chamava de sua "vida de cão". Esse Carteron, em cartas a seu senhor, conservadas na *Biblioteca do Arsenal*, revela-nos que o Marquês de Sade fumava cachimbo "como um corsário" e que comia "como quatro". As longas detenções do marquês azedaram seu temperamento que, naturalmente, era bom, mas autoritário. Há inúmeros testemunhos de suas cóleras, na Bastilha, em Bicêtre, em Charenton. Em uma carta, com frequência citada de maneira inexata, que Mirabeau escreveu, em 28 de junho de 1780, a seu "bom anjo", o agente Boucher, ligado à sua pessoa, ele narra uma altercação que teve com o Marquês de Sade. Ambos eram prisioneiros em Vincennes:

O sr. de Sade pôs ontem em combustão a torre e honrou-me, nomeando-se e sem a mínima provocação de minha parte, como podeis crer, pronunciando contra mim os mais infames horrores. Eu era, segundo dizia menos decentemente, o Giton[11] do sr. de R***,[12] e isso decorreu de terem me autorizado a caminhada que lhe foi retirada. Enfim, perguntou-me meu nome a fim de ter o prazer de *cortar-me as orelhas quando estivesse em liberdade*.

Perdi a paciência e disse-lhe: "Meu nome é aquele de um

---

[11] De Gito, um personagem de *Satiricon*, de Petrônio. Jovem sustentado por um homossexual. (N. do T.)

[12] Sr. de Rougemont, comandante da torre de Vincennes.

homem honrado que nunca dissecou nem envenenou mulheres, que o escreverá em vossas costas a golpes de bengala, se não fordes espancado antes, e que não teme ser por vós colocado em aflição na Grève."[13] [14] Calou-se e não ousou abrir a boca desde esse momento. Se me repreendeis, paciência, mas, por Deus, é fácil pacientar de longe e assaz triste habitar a mesma casa que semelhante monstro habita."[15]

[13] Mirabeau e Sade eram meio aparentados pelas mulheres. (Nota do sr. Henri d'Alméras)
[14] Referência à praça de Grève, antigo local onde eram realizadas as execuções em Paris. (N. do T.)
[15] O texto exato dessa carta, frequentemente reproduzida, foi apresentado em *L'Amateur d'autographes*, de março de 1909.

Mirabeau foi encarcerado em Vincennes em 8 de junho de 1777; ele ignorava que o Marquês de Sade, que era seu parente pelas mulheres, encontrava-se na torre desde 14 de janeiro do mesmo ano, e a carta endereçada ao sr. Le Noir, em 1º de janeiro de 1778, testemunha esse desconhecimento:

"... É preciso citar um de meus parentes? Para cujos crimes horríveis e para quem uma prisão perpétua é uma graça que toda a bondade do soberano para com suas famílias teve dificuldade em conceder-lhe; vários celerados dessa espécie, digo, estão em fortes onde desfrutam de toda a sua fortuna, onde têm uma companhia muito agradável e todos os recursos possíveis contra o mal-estar e o tédio inseparável de uma vida fechada... É necessário citar um de meus parentes? Por que não? A vergonha não é pessoal? O Marquês de Sade, condenado duas vezes ao suplício, e a segunda vez a ser desmembrado vivo; o Marquês de Sade, executado em efígie; o Marquês de Sade, cujos cúmplices subalternos foram mortos no suplício da roda, cujos crimes surpreendem até mesmo os celerados mais consumados; o Marquês de Sade é coronel, vive no mundo, recuperou sua liberdade e desfruta dela, a menos que alguma nova atrocidade não lha tenha subtraído... Vós me censuraríeis, senhor, se eu me aviltasse estabelecendo um paralelo entre o sr. de Railli, o sr. de Sade e mim, mas farei essa simples pergunta: do que sou culpado? De muitos erros, sem dúvida; mas quem ousará atacar mi-

Ele amava a boa refeição, o conforto, e é inútil insistir sobre sua compleição voluptuosa. Deu bastantes provas de sua humanidade sob o Terror para que se possa afirmar que ele era menos cruel do que deixariam entrever algumas de suas ações desmedidas e desnaturadas e que não aparece na leitura de suas obras. Sabemos que ele nunca foi louco ou maníaco. Os relatos de Jules Janin, a anedota contada por Victorien Sardou e que representa o Marquês de Sade fazendo chegar a Bicêtre rosas mergulhadas no lodo pútrido de um riacho (*Chronique médicale* de 15 de dezembro de 1902) são lendas, tendo, talvez, um fundo de realidade, mas transformadas a bel-prazer pela imaginação daqueles que, tendo lido *Justine* sem compreender nem seu sentido nem seu alcance, não podiam imaginar seu autor senão como um louco cheio de manias criminosas e ignóbeis. A polícia do Consulado e do Império, ao encerrar o marquês em Bicêtre, depois em Charenton, foi em grande medida a causa desses mexericos e dessa crença na pretensa loucura de um homem que suas infelicidades teriam bastado a torná-lo louco se ele tivesse tido a mínima disposição para enlouquecer. As *Notes historiques* de Marc-Antoine Baudot, ex-deputado na Assembleia Legislativa, publicadas pela sra. Edgar Quinet, mencionam Sade nos seguintes termos:

Este é o autor de várias obras de uma monstruosa obscenidade e de uma moral diabólica. Tratava-se, sem dúvida, de

nha honra?… Entretanto, que diferença da situação dos monstros que citei em relação à minha"

Mas o Marquês de Sade revelar-lhe-ia sua presença, como testemunha sua carta ao agente Boucher, há pouco citada.

um homem perverso em teoria. Mas, enfim, ele não era louco, seria necessário julgá-lo a partir de suas obras.

Havia nelas germes de depravação, mas não loucura; semelhante trabalho supunha um cérebro bem ordenado, mas a própria composição de suas obras exigia muitas pesquisas na literatura antiga e moderna, e tinha por objetivo demonstrar que as grandes depravações haviam sido autorizadas pelos Gregos e pelos Romanos. Esse tipo de investigação não era moral, sem dúvida, mas era necessária uma razão e raciocínio para executá-la; era necessária uma razão reta para fazer essas pesquisas que ele põe em ação sob forma de romances e que estabelece sobre fatos uma espécie de doutrina e sistema...

O último parágrafo de seu testamento, publicado em *Le Livre*, de Jules Janin, Paris, 1870, mostra bastante bem o legítimo orgulho, a dignidade, o bom senso do Marquês de Sade, que, de resto, deu muitos outros testemunhos disso:

Proíbo que meu corpo seja aberto, sob qualquer pretexto que seja. Peço com a mais viva instância que ele seja guardado por quarenta e oito horas no aposento onde morrerei, colocado num caixão de madeira que só será fechado ao final das quarenta e oito horas acima prescritas, ao fim das quais o caixão será pregado; durante esse intervalo, será enviado um mensageiro ao sr. Lenormand, negociante de madeira, *boulevard* de l'Égalité, nº 101, em Versalhes, para rogá-lo a vir pessoalmente, acompanhado de uma charrete (*sic*), buscar meu corpo para ser transportado, sob sua escolta, ao bosque de minha propriedade de Malmaison, comuna de Mancé, próximo a Épernon, onde quero que seja colocado, sem qualquer espécie de cerimônia, no primeiro arvoredo que se encontra à direita do mencionado bosque, entrando pelo lado do antigo castelo pela grande aleia que o divisa. Minha cova será escavada nesse arvoredo pelo zelador da propriedade de Malmaison, sob a inspeção do sr. Lenormand, que só deixará meu corpo depois de tê-lo deitado na cova; ele poderá fazer-se acompanhar nessa cerimônia, se ele quiser, por aqueles de meus parentes ou amigos que, sem qualquer espécie de aparato, desejarem dar-me essa última demonstração de amizade. A cova uma vez recoberta, serão semeadas sobre ela sementes de carvalhos, a fim de que, posteriormente, tendo as árvores crescido no local da cova e o arvoredo tendo voltado a se tornar compacto como o era antes, os vestígios de meu túmulo desapareçam da superfície da Terra, assim como espero que minha memória se apague da mente dos homens.

Feito em Charenton-Saint-Maurice, em estado de razão e saúde, em 30 de janeiro de 1806.

Assinado, D. A. F. Sade.

Segundo Henri d'Alméras:

Aquele que escreveu essa página de tão terrível amargura, aquele que pedia assim, para desaparecer por completo, corpo e alma, no esquecimento e no nada, não era decerto, sob qualquer ponto de vista que se o julgue, um homem comum.

Não era um homem comum. Cometeu erros consideráveis, sobretudo em relação à sua mulher; mas ele não a amava; seu casamento foi, de certo modo, forçado, e não se comanda o amor. Não era absolutamente louco, a menos que se pense como ele próprio o disse numa comédia:

Todos os homens são loucos; para não ver isso, é preciso
    Encerrar-se em seu quarto e quebrar seu espelho.

Ele também disse num dístico-epígrafe que estaria em seu lugar como epifonema às suas obras:

Não se é criminoso para fazer a pintura
Dos bizarros pendores que a natureza inspira.

Se desejava desaparecer da memória dos homens, o marquês esperava que antes disso fosse vingado "pela posteridade".

Durante um século a crítica tratou-o muito desrespeitosamente, ocupando-se muito menos com as ideias que suas obras contêm do que inventando anedotas que desnaturam sua vida e seu caráter. No que concerne à sua vida, o dr. Eugen Duehren disse com razão: "De Sade, como indivíduo, não pode ser esclarecido senão se o examinarmos como fenômeno histórico".

Em referência às suas obras, Anatole France escreveu desdenhosamente: "Não é necessário tratar um texto do Marquês de Sade como um texto de Pascal". Alguns espíritos livres pensaram que o desprezo e o terror inspirados pelas obras do Marquês de Sade talvez fossem injustificadas. Já em 1882, em *Virilités* (A. Lemerre), Émile Chevé concedia alguma força e alguma grandeza aos livros do Marquês de Sade:

> Marquês, teu livro é forte e ninguém no futuro
> Jamais mergulhará tão fundo na infâmia,
> Ninguém jamais poderá depois de ti reunir
> Em tal buquê todos os venenos da alma...
> Ao menos, tu te fizeste grande em tua obscenidade,
> Estupro e parricídio, incesto e pilhagem,
> Fluem de tua pena e nossa humanidade
> Sente rugir em seus flancos tua musa antropófaga.

Na Alemanha, onde Nietzsche, segundo dizem, não

negligenciou assimilar-se — ele, o filósofo lírico — às ideias enérgicas do marquês sistemático, o dr. Eugen Duehren, com uma boa coragem, deu-se a tarefa de esclarecer a vida de Sade e tornar conhecidos seus escritos. Diz ele:

O 2 de junho de 1740 viu nascer um dos homens mais extraordinários do século testscxviii, digamos, inclusive, da humanidade moderna em geral. As obras do Marquês de Sade constituem um objeto da História e da civilização tanto quanto da ciência médica. Esse homem estranho inspirou-nos imediatamente um vivo interesse. Buscávamos compreendê-lo para poder explicá-lo, e logo adquirimos a convicção de que o médico, igualmente, não poderia extrair em semelhante caso as mais importantes informações senão na história da civilização.

E mais adiante:

Há ainda um outro ponto de vista que faz das obras do Marquês de Sade, para o historiador que se ocupa da civilização, para o médico, o jurisconsulto, o economista e o moralista, um autêntico poço de ciência e de novas noções. Essas obras são sobretudo instrutivas por que elas nos mostram tudo o que na vida se encontra estreitamente vinculado com o instinto sexual que, como o reconheceu o Marquês de Sade com uma perspicácia irrefutável, influi sobre a quase totalidade das relações humanas de uma maneira qualquer. Todo investigador que quiser determinar a importância sociológica do amor deverá ler as principais obras do Marquês de Sade. Nem mesmo no nível da fome, mas acima, o amor preside no movimento do universo.

L'amor che muove Il sole e l'altre stelle,

exclamava Dante ao final da *Divina Comédia*.
O dr. Jacobus x disse do dr. Duehren que ele era um

galófobo porque este vê nos acontecimentos atuais da política francesa uma profunda concordância com as doutrinas do Marquês de Sade. Com efeito, essa concordância parece bem profunda e progressiva. Que não se surpreenda em ver Sade um partidário da República. Aquele que, por volta de 1785, podia começar assim um de seus contos:

> No tempo em que os senhores viviam despoticamente em suas terras; nesses tempos gloriosos em que a França contava em seus limites uma multidão de soberanos em vez de trinta mil escravos vis, rastejando diante de um único[16] devia, abandonando os escravos monarquistas, dirigir-se sem arrependimento aos reis republicanos e desejar uma República de liberdade sem igualdade nem fraternidade.

Um grande número de escritores, filósofos, economistas, naturalistas, sociólogos, desde Lamark até Spencer, encontrou-se com o Marquês de Sade, e muitas de suas ideias que apavoraram e desconcertaram os espíritos de seu tempo ainda são completamente novas. "Talvez achem nossas ideias um pouco fortes", escrevia; "e o que isso significa? Não adquirimos o direito de dizer tudo?". Parece haver chegado a hora para que essas ideias, amadurecidas na atmosfera infame dos infernos de bibliotecas, e esse homem, desconsiderado durante todo o século XIX, possam muito bem dominar o século XX.

---

[16] Este conto inédito é intitulado: "La Femme vengée ou la Châtelaine de Longeville" (Manuscrito da Biblioteca Nacional).

O CORNO DE SI PRÓPRIO
E OUTROS CONTOS

O MARIDO PADRE
Conto provençal

ENTRE A CIDADE de Ménerbes, no condado de Avinhão, e a de Apt, na Provença, há um pequeno convento de carmelitas isolado, denominado Saint-Hilaire, assentado no cimo de uma montanha onde até mesmo às cabras é difícil o pasto; esse pequeno sítio é aproximadamente como a cloaca de todas as comunidades vizinhas aos carmelitas; ali, cada uma delas relega o que a desonra, de onde não é difícil inferir quão puro deve ser o grupo de pessoas que frequenta essa casa. Bêbados, devassos, sodomitas, jogadores; são esses, mais ou menos, os nobres integrantes desse grupo, reclusos que, nesse asilo escandaloso, o quanto podem ofertam a Deus almas que o mundo rejeita. Perto dali, um ou dois castelos e o burgo de Ménerbes, o qual se acha apenas a uma légua de Saint-Hilaire — eis todo o mundo desses bons religiosos que, malgrado sua batina e condição, estão, entretanto, longe de encontrar abertas todas as portas de quantos estão à sua volta.

Havia muito o padre Gabriel, um dos santos desse eremitério, cobiçava certa mulher de Ménerbes, cujo marido, um rematado corno, chamava-se Rodin. A mulher dele era uma moreninha, de 28 anos, olhar leviano e nádegas roliças, a qual parecia constituir em todos os aspectos lauto banquete para um monge. No que tange ao sr. Rodin, este era homem bom, aumentando

O MARIDO PADRE: CONTO PROVENÇAL

o seu patrimônio sem dizer nada a ninguém: havia sido negociante de panos, magistrado, e era, pois, o que se poderia chamar um burguês honesto; contudo, não muito seguro das virtudes de sua cara-metade, era ele sagaz o bastante para saber que o verdadeiro modo de se opor às enormes protuberâncias que ornam a cabeça de um marido é dar mostras de não desconfiar de as estar usando; estudara para tornar-se padre, falava latim como Cícero, e jogava bem amiúde o jogo de damas com o padre Gabriel que, cortejador astuto e amável, sabia que é preciso sempre adular um pouco o marido cuja mulher se deseja possuir. Era um verdadeiro modelo dos filhos de Elias, esse padre Gabriel: dir-se-ia que toda a raça humana podia tranquilamente contar com ele para multiplicar-se; um legítimo fazedor de filhos, espadaúdo, cintura de uma alna,[1] rosto perverso e trigueiro, sobrancelhas como as de Júpiter, tendo seis pés de altura e aquilo que é a característica principal de um carmelita, feito, conforme se diz, segundo os moldes dos mais belos jumentos da província. A que mulher um libertino assim não haveria de agradar soberbamente? Desse modo, esse homem se prestava de maneira extraordinária aos propósitos da sra. Rodin, que estava muito longe de encontrar tão sublimes qualidades no bom senhor que os pais lhe haviam dado por esposo. Conforme já dissemos, o sr. Rodin parecia fazer vistas grossas a tudo, sem ser, por isso, menos ciumento, nada dizendo, mas ficando por ali, e fazendo isso nas diversas vezes em que o queriam bem longe. Entretanto, a ocasião era boa. A ingênua Rodin simplesmente havia

---

[1] Antiga medida de comprimento de três palmos. (N. do T.)

dito a seu amante que apenas aguardava o momento para corresponder aos desejos que lhe pareciam fortes demais para que continuasse a opor-lhes resistência, e padre Gabriel, por seu turno, fizera com que a sra. Rodin percebesse que ele estava pronto a satisfazê-la... Além disso, num breve momento em que Rodin fora obrigado a sair, Gabriel mostrara à sua encantadora amante uma dessas coisas que fazem com que uma mulher se decida, por mais que hesite... só faltava, portanto, a ocasião.

Num dia em que Rodin saiu para almoçar com seu amigo de Saint-Hilaire, com a ideia de o convidar para uma caçada, e depois de ter esvaziado algumas garrafas de vinho de Lanerte, Gabriel imaginou encontrar na circunstância o instante propício à realização dos seus desejos.

— Oh, por Deus, senhor *magistrado* — diz o monge ao amigo —, como estou contente de vos ver hoje! Não poderíeis ter vindo num momento mais oportuno do que este; ando às voltas com um caso da maior importância, no qual haveríeis de ser a mim de serventia sem par.

— Do que se trata, padre?
— Conheceis Renoult, de nossa cidade.
— Renoult, o chapeleiro.
— Precisamente.
— E então?
— Pois bem, esse patife me deve cem *écus*,[2] e acabo de saber que ele se acha às portas da falência; talvez agora, enquanto vos falo, ele já tenha abandonado o

---

[2] Antiga moeda francesa. (N. do T.)

Condado... preciso muitíssimo correr até lá, mas não posso fazê-lo.

— O que vos impede?

— Minha missa, por Deus! A missa que devo celebrar; antes a missa fosse para o diabo, e os cem *écus* voltassem para o meu bolso.

— Não compreendo: não vos podem fazer um favor?

— Oh, na verdade sim, um favor! Somos três aqui; se não celebrarmos todos os dias três missas, o superior, que nunca as celebra, nos denunciaria a Roma; mas existe um meio de me ajudardes, meu caro; vede se podeis fazê-lo; só depende de vós.

— Por Deus! De bom grado! Do que se trata?

— Estou sozinho aqui com o sacristão; as duas primeiras missas foram celebradas, nossos monges já saíram, ninguém suspeitará do ardil; os fiéis serão poucos, alguns camponeses, e quando muito, talvez, essa senhorinha tão devota que mora no castelo de... a meia légua daqui; criatura angélica que, à força da austeridade, julga poder reparar todas as estroinices do marido; creio que me dissestes que estudastes para ser padre.

— Certamente.

— Pois bem, deveis ter aprendido a rezar a missa.

— Faço-o como um arcebispo.

— Ó meu caro e bom amigo! — prossegue Gabriel, lançando-se ao pescoço de Rodin — são dez horas agora; por Deus, vesti meu hábito, esperai soar a décima primeira hora; então celebrai a missa, suplico-vos; nosso irmão sacristão é um bom diabo, e nunca nos trairá; àqueles que julgarem não me reconhecer, dir-lhes-emos que é um novo monge, quanto aos outros, os deixaremos em erro; correrei ao encontro de Renoult, esse velhaco, darei cabo dele ou recuperarei meu dinheiro, estando de volta em duas horas. O senhor me aguardará, ordenará que grelhem os linguados, preparem os ovos e busquem o vinho; na volta, almoçaremos, e a caça... sim, meu amigo, a caça creio que há de ser boa dessa vez: segundo se disse, viu-se pelas redondezas um animal de chifres, por Deus! Quero que o agarremos, ainda que tenhamos de nos defender de vinte processos do senhor da região!

— Vosso plano é bom — diz Rodin — e, para vos fazer um favor, não há, decerto, nada que eu não faça; contudo, não haveria pecado nisso?

— Quanto a pecados, meu amigo, nada direi; haveria algum, talvez, em executar-se mal a coisa; porém, ao fazer isso sem que se esteja investido de poderes para tanto, tudo o que disserdes e nada são a mesma coisa. Acreditai em mim; sou casuísta, não há em tal conduta o que se possa chamar pecado venial.

— Mas seria preciso repetir a liturgia?

— E como não? Essas palavras são virtuosas apenas em nossa boca, mas também esta é virtuosa em nós... reparai, meu amigo, que se eu pronunciasse tais palavras deitado em cima de vossa mulher, ainda assim eu havia de metamorfosear em deus o templo onde sacrificais... Não, não, meu caro; só nós possuímos a virtude da transubstanciação; pronunciaríeis vinte mil vezes as palavras, e nunca faríeis descer algo dos céus; ademais, bem amiúde conosco a cerimônia fracassa por completo; e, aqui, é a fé que faz tudo; com um pouco de fé transportaríamos montanhas, vós sabeis, Jesus Cristo o disse, mas quem não tem fé nada faz... eu, por exemplo, se nas vezes em que realizo a cerimônia penso mais nas moças ou nas mulheres da assembleia do que no diabo dessa folha de pão que revolvo em meus dedos, acreditais que faço algo acontecer? Seria mais fácil eu crer no Alcorão que enfiar isso na minha cabeça. Vossa missa será, portanto, quase tão boa quanto a minha; assim, meu caro, agi sem escrúpulo, e, sobretudo, tende coragem.

— Pelos céus — diz Rodin —, é que tenho uma fome devoradora! Ainda faltam duas horas para o almoço!

— E o que vos impede de comer um pouco? Aqui tendes alguma coisa.

— E a tal missa que é preciso celebrar?

— Por Deus! O que há de mal nisso? Acreditais que Deus se há de macular mais caindo em uma barriga cheia em vez de uma vazia? O diabo me carregue se não é a mesma coisa a comida estar em cima ou embaixo! Meu caro, se eu dissesse em Roma todas as vezes que almoço antes de celebrar minha missa, passaria minha vida na estrada. Além disso, não sois padre, nossas regras não vos podem constranger; ireis tão-somente dar certa imagem da missa, não ireis celebrá-la; consequentemente, podereis fazer tudo o que quiserdes antes ou depois, inclusive beijar vossa mulher, caso ela aqui estivesse; não se trata de agir como eu; não é celebrar, nem consumar o sacrifício.

— Prossigamos — diz Rodin —, hei de fazê-lo, podeis ficar tranquilo.

— Bem —, diz Gabriel, dando uma escapadela, depois de fazer boas recomendações do amigo ao sacristão... — contai comigo, meu caro; antes de duas horas estarei aqui — e, satisfeito, o monge vai embora.

Não é difícil imaginar que ele chega apressado à casa da mulher do magistrado; que ela se admira de vê-lo, julgando-o em companhia de seu marido; que ela lhe pergunta a razão de visita tão imprevista.

— Apressemo-nos, minha cara — diz o monge, esbaforido —, apressemo-nos! Temos para nós apenas um instante... um copo de vinho, e mãos à obra!

— Mas, e quanto a meu marido?

— Ele celebra a missa.

— Celebra a missa?

— Pelo sangue de Cristo, sim, mimosa — responde o carmelita, atirando a sra. Rodin ao leito —, sim, alma pura, fiz de seu marido um padre, e, enquanto o farsante celebra um mistério divino, apressemo-nos em levar a cabo um profano...

O monge era vigoroso; a uma mulher, era difícil opor-se-lhe quando ele a agarrava: suas razões, por sinal, eram tão convincentes... ele se põe a persuadir a sra. Rodin, e, não se cansando de fazê-lo a uma jovem lasciva de 28 anos, com um temperamento típico da gente de Provença, repete algumas vezes suas demonstrações.

— Mas, meu anjo — diz, enfim, a beldade, perfeitamente persuadida —, sabeis que se esgota o tempo... devemos nos separar: se nossos prazeres devem durar apenas o tempo de uma missa, talvez ele já esteja há muito no *ite missa est*.

— Não, não, minha querida — diz o carmelita, apresentando outro argumento à sra. Rodin —, deixai estar, meu coração, temos todo o tempo do mundo! Uma vez mais, minha cara amiga, uma vez mais! Esses noviços não vão tão rápido quanto nós... uma vez mais, vos peço! Apostaria que o corno ainda não ergueu a hóstia consagrada.

Todavia, mister foi que se despedissem, não sem promessas de se reverem; tracejaram novos ardis, e Gabriel foi encontrar-se com Rodin; este havia celebrado a missa tão bem quanto um bispo.

— Apenas o *quod aures* — diz ele — embaraçou-me um pouco; eu queria comer em vez de beber, mas o sacristão fez com que eu me recompusesse; e quanto aos cem *écus*, padre?

— Recuperei-os, meu filho; o patife quis resistir, peguei de um forcado, dei-lhe umas pauladas, juro-vos, na cabeça e noutras partes.

Entretanto, a diversão termina; nossos dois amigos vão à caça e, ao regressar, Rodin conta à sua mulher o favor que prestou a Gabriel.

— Celebrei a missa — dizia o grande tolo, rindo com todas as forças —, sim, pelo corpo de Cristo! Eu celebrava a missa como um verdadeiro vigário, enquanto nosso amigo media as espáduas de Renoult com um forcado... Ele dava com a vara; que dizeis disso, minha vida? Colocava galhos na fronte; ah! boa e querida mãezinha! Como essa história é engraçada, e como os cornos me fazem rir! E vós, minha amiga, o que fazíeis enquanto eu celebrava a missa?

— Ah! meu amigo — responde a mulher —, parecia inspiração dos céus! Observai de que modo nos ocupavam de todo, a um e a outro, as coisas do céu, sem que disso suspeitássemos; enquanto celebráveis a missa, eu entoava essa bela oração que a Virgem dirige a Gabriel quando este fora anunciar-lhe que ela ficaria grávida pela intervenção do Espírito Santo. Assim seja, meu amigo! Seremos salvos, com toda certeza, enquanto ações tão boas nos ocuparem a ambos ao mesmo tempo.

O MARIDO QUE RECEBEU UMA LIÇÃO

UM HOMEM já na decadência pensou em se casar embora até aquele momento tivesse passado sem mulher, e é possível que a coisa mais tola que fez, de acordo com os seus sentimentos, tenha sido unir-se a uma jovem de dezoito anos, com o rosto mais atraente do mundo e com a cintura não menos proveitosa. Bernac — esse era o seu nome — fazia tolice ainda maior desposando uma mulher, porquanto se exercitava o menos possível nos prazeres que concede o himeneu, e muito faltava para que as manias por que trocava os castos e delicados prazeres dos laços conjugais agradassem a uma jovem do porte da srta. Lurcie, pois assim se chamava a infeliz a quem Bernac acabava de participar seu destino. Desde a primeira noite de núpcias, ele relatou suas preferências à jovem esposa, após tê-la feito jurar nada revelar aos pais dela; tratava-se — assim diz o célebre Montesquieu — de procedimento ignominioso que leva de volta à infância: a jovem mulher, na postura de uma menina que merece um corretivo, se prestava então por quinze ou vinte minutos, mais ou menos, aos caprichos bestiais do velho esposo, e era à vista dessa cena que ele conseguia experimentar a deliciosa embriaguez do prazer que todo homem mais bem organizado que Bernac decerto teria desejado sentir apenas nos braços encantadores de Lurcie. A experiência pareceu um pouco dura àquela moça delicada, bela, educada no conforto mas longe do pedantismo; entretanto, como lhe houvessem recomendado ser submissa, julgou tratar-se aquilo de hábito comum aos esposos, e talvez até mesmo Bernac tivesse contribuído para que pensasse assim, e ela se submeteu do modo mais honesto possível à depravação do seu sátiro; todos os dias era a mesma coisa e, com frequência, até duas vezes em vez de uma. Ao cabo de dois anos, a srta. Lurcie, que continuamos a chamar sempre por esse nome, de vez que na ocasião se achava tão virgem quanto no primeiro dia de suas núpcias, perdeu o pai e a mãe, e com eles a esperança de fazer abrandar seus sofrimentos, como começava a figurar já havia algum tempo. Essa perda só fez tornar Bernac mais audacioso, e se se mantivera dentro de alguns limites, por respeito aos pais de sua mulher enquanto vivos, não demonstrou mais nenhuma moderação tão logo ela os perdeu e ele percebeu-a desprovida de quem a pudesse vingar. O que parecia de início apenas um divertimento, tornou-se pouco a pouco um verdadeiro tormento; essa srta. Lurcie não podia mais suportar isso, seu coração se exasperava, e ela sonhava o tempo todo com vingança. Via pouquíssimas pessoas; o marido a isolava tanto quanto possível. Apesar de todas as admoestações de Bernac, o primo dela, o cavalheiro d'Aldour, não deixara em absoluto de ver sua parenta; esse jovem tinha um belo rosto e não era sem interesse que teimava em visitar a prima; como fosse bastante conhecido de toda a gente, o ciumento, temendo que escarnecessem dele, não ousava muito afastar-se de sua casa... A srta. Lurcie deitara os olhos nesse parente para se libertar da escravidão na qual vivia: ouvia diariamente as belas palavras do primo, e, por fim, revelou-se por completo a ele, tudo lhe confessando.

— Vingai-me desse homem vil — disse-lhe —, e fazei isso por meio de uma cena que o impressione o bastante para ele próprio jamais ousar falar dela a alguém: o dia em que obtiverdes êxito há de ser o dia de vossa glória; apenas a esse preço serei vossa.

Encantado, d'Aldour tudo promete e empenha para o sucesso de uma aventura que vai lhe assegurar tão belos monumentos. Quando tudo está pronto:

— Senhor — diz ele um dia a Bernac —, tenho a honra de ser muito íntimo de vós, e em vós confio o bastante para não deixar de vos participar o matrimônio secreto que acabo de contrair.

— Um matrimônio secreto? — diz Bernac, encantado de se ver livre do rival que o fazia tremer.

— Sim, senhor! Acabo de me unir ao destino de uma esposa encantadora, e amanhã é o dia em que ela me deve tornar feliz; confesso que se trata de uma moça sem bens; mas o que importa isso se o que tenho basta aos dois? Caso-me, é verdade, com uma família inteira, quatro irmãs que vivem juntas, porém, como me apraz a companhia delas, para mim é apenas uma felicidade a mais... Muito me alegraria, senhor — continua o jovem —, se minha prima e vós me désseis amanhã a honra de vir ao menos ao banquete de núpcias.

— Senhor, saio muito pouco, e minha mulher menos ainda; vivemos ambos num grande retiro; ela está contente assim, e eu não a incomodo absolutamente.

— Conheço vossas preferências, senhor — retruca d'Aldour —, e respondo-vos que sereis servido a contento... amo a solidão tanto quanto vós e, por sinal, tenho razões de discrição, como já disse: é na campanha, faz um belo dia, tudo vos convida e dou-vos minha palavra de honra que estaremos absolutamente sozinhos.

Lurcie a propósito deixa entrever certo desejo; seu marido não ousa contrariá-la diante de d'Aldour, e combinam o passeio.

— Devíeis querer tal coisa — diz o homem, irritado no momento em que se vê a sós com sua mulher —, bem sabeis que absolutamente não me preocupo com tudo isso; saberei como dar fim a todos esses vossos desejos, e previno-vos de que em pouco tempo planejo isolar-vos numa de minhas terras, onde não vereis ninguém mais além de mim.

E como o pretexto, com ou sem fundamento, acrescentasse muito aos atrativos das cenas luxuriosas às quais Bernac inventava planos quando lhe faltava o realismo, aproveitou a oportunidade, fez Lurcie passar ao seu quarto e lhe disse:

— Iremos... sim, eu prometi, mas pagareis caro pelo desejo que demonstrastes...

A infeliz, acreditando estar próxima do desfecho, suporta tudo sem se queixar.

— Fazei o que vos aprouver, senhor — diz ela humildemente —, vós me concedestes uma graça, sou-vos muito grata.

Tanta doçura, tanta resignação teria desarmado qualquer um que não tivesse um coração tornado empedernido pelos vícios como o do libertino Bernac, mas nada é capaz de o deter; satisfaz-se, dorme tranquilo; no dia seguinte, d'Aldour, conforme o combinado, vem buscar o casal e partem.

— Vereis — diz o jovem primo de Lurcie, entrando com o marido e a mulher numa casa completamente isolada —, vereis que isso não tem lá muito jeito de uma festa popular; nenhum coche, nenhum lacaio, já vos disse; estamos completamente sozinhos.

Entretanto, quatro mulheres altas de uns trinta anos, fortes, vigorosas e de cinco pés e meio de altura cada uma, avançam sobre a escadaria e vêm receber o sr. e a sra. Bernac da maneira mais honesta.

— Eis minha mulher, senhor — diz d'Aldour, apresentando uma delas —, e estas três aqui são suas irmãs; casamo-nos esta manhã ao alvorecer, em Paris, e os esperamos para celebrar as bodas.

Tudo se passa segundo as leis da mútua cortesia; depois de algum tempo de reunião no salão, onde Bernac se convence, para grande surpresa sua, que ele se encontra tão só quanto pôde desejar, um lacaio anuncia o almoço, e sentam-se à mesa. Nada mais descontraído que a refeição, as quatro pretensas irmãs muito acostumadas aos repentes, trouxeram à mesa toda a vivacidade e todo o bom humor possíveis, mas como a decência não é esquecida um minuto sequer, Bernac, enganado até o fim, crê-se na melhor companhia do mundo; todavia, Lurcie encantada de ver o seu tirano numa situação difícil, divertia-se com seu primo, e, decidida em desespero de causa a renunciar enfim a uma continência que não lhe trouxera até aquele momento senão tristezas e lágrimas, bebia com ele o champanhe, inundando-o com os mais ternos olhares; nossas heroínas, que tinham de buscar forças, consagravam-se igualmente à libação, e Bernac, motivado, ainda sem conceber senão uma alegria simples em tais circunstâncias, não se poupava mais do que as outras pessoas. Entretanto, como era mister não perder a razão, d'Aldour interrompe a tempo e propõe passar ao café.

— Por Deus, meu primo — diz ele, assim que Bernac se encontra afetado —, consenti em vir visitar minha casa; sei que sois homem de bom gosto; eu a comprei e a mobiliei propositadamente para meu casamento, mas temo ter feito um mau negócio; dir-me-eis vossa opinião, por favor.

— De bom grado — diz Bernac —, ninguém como eu entende mais dessas coisas, e estimarei tudo a mais ou menos dez luíses de diferença, garanto.

D'Aldour lança-se sobre as escadas dando a mão a sua bela prima, posicionam Bernac no meio das quatro irmãs, e penetram nessa ordem num apartamento muito escuro e muito afastado, absolutamente ao extremo da casa.

— É aqui a câmara nupcial — diz d'Aldour ao velho ciumento —, vedes essa cama, meu primo; eis onde a esposa vai deixar de ser virgem; ela já não arde de desejos tempo demais?

Era o sinal: no mesmo instante, nossas quatro malandras saltam sobre Bernac, armadas cada uma de um punhado de varas; retiram-lhe as calças, duas delas o imobilizam, e as outras duas se alternam para fustigá-lo e enquanto o molestam vigorosamente:

— Meu caro primo — exclama d'Aldour —, não vos disse ontem que seríeis servido a contento? Não imaginei nada melhor para agradar-vos do que devolver-vos o que dais todos os dias a essa encantadora mulher; vós não sois bastante bárbaro para fazer-lhe uma coisa que não gostaríeis de receber; assim, orgulho-me de fazer-vos minha corte; falta ainda uma circunstância, portanto, à cerimônia; minha prima, segundo dizem, embora há muito esteja ao vosso lado, ainda é tão virgem como se vós tivésseis vos casado apenas ontem; tal abandono de vossa parte provém unicamente da ignorância, seguramente; garanto que é por que não sabeis como proceder... vou mostrar-vos, meu amigo.

Ao dizer isso, tendo ao fundo uma agradável música, o homem fogoso deita sua prima na cama e a torna mulher aos olhos de seu indigno esposo... Só nesse momento termina a cerimônia.

— Senhor — diz d'Aldour a Bernac ao descer do altar —, achareis a lição talvez um pouco severa, mas admiti que o ultraje a que submetíeis vossa esposa era, pelo menos, igual; não sou, nem quero ser, amante de vossa mulher; ei-la, devolvo-a, mas vos aconselho a comportar-vos doravante de maneira mais honesta com ela, caso contrário, ela ainda encontraria em mim um vingador que vos pouparia ainda menos.

— Senhora — diz Bernac furioso —, na verdade esse procedimento...

— É o que vós merecestes — responde Lurcie —, mas se ele vos desagrada, entretanto, tendes toda a liberdade de expressá-lo; exporemos cada um nossas razões, e veremos de qual dos dois rirá o povo.

Bernac, confuso, reconhece seus erros, não inventa mais sofismas para legitimá-los, lança-se aos joelhos de sua mulher para rogar seu perdão: Lurcie, terna e generosa, o levanta e abraça, ambos retornam a sua casa, e não sei que meios utilizou Bernac, mas desde esse dia, nunca a capital viu casal mais unido, amigos mais ternos e esposos mais virtuosos.

A PUDICA, OU O ENCONTRO IMPREVISTO

O SR. SERNENVAL, que contava aproximadamente quarenta anos, e que possuía doze ou quinze mil libras de renda que despendia de modo despreocupado em Paris, não se ocupando mais do comércio do qual outrora fizera sua profissão, e se contentando, por sua total distinção, com o título honorífico de burguês de Paris, com vistas ao Conselho municipal, desposara havia poucos anos a filha de um dos seus antigos confrades, de mais ou menos 24 anos. Nada havia de tão viçoso, tão roliço, tão gorduchinho e branco quanto a sra. Sernenval: não fora ela feita como as Graças, mas era apetitosa como a mãe dos amores; não tinha o porte de uma rainha, mas possuía tamanha volúpia no conjunto, olhos tão ternos e cheios de langores, tão bonita boca, pescoço tão firme e torneado, e todo o resto do corpo tão propício a causar o nascimento do desejo, que bem poucas mulheres belas havia em Paris *às quais* se teria preferido. Entretanto, a sra. Sernenval, com tão diversos encantos físicos, tinha um defeito capital no espírito... uma pudicícia insuportável, uma devoção exagerada que ao marido impossibilitava persuadi-la de aparecer em suas reuniões sociais. Levando ao extremo a beatice, muito raramente a sra. Sernenval passaria uma noite inteira em companhia do seu marido, e, mesmo nos momentos em que ela condescendia conceder-lhe

A PUDICA, OU O ENCONTRO IMPREVISTO

esse favor, era sempre com excessiva reserva — uma camisola que jamais despia. Uma abertura artisticamente acrescentada ao pórtico do templo do hímen só permitia a entrada com as cláusulas expressas de nenhuma apalpadela desonesta, e de nenhuma conjunção carnal; ter-se-ia enfurecido a sra. Sernenval, se se tivesse desejado ultrapassar os limites que a modéstia dela impunha, e o marido que tentasse, talvez corresse o risco de não mais cair nas boas graças dessa casta e virtuosa fêmea. O sr. Sernenval ria-se de todas essas beatices, mas, como adorasse a mulher, condescendia em respeitar-lhe as tibiezas; vez por outra, entretanto, tentava aconselhá-la; provava-lhe, do modo mais claro, que não é passando a vida nas igrejas ou junto aos padres que uma mulher honesta cumpre realmente os seus deveres, dentre os quais os primeiros são os de sua casa, por força, negligenciados por uma devota; e que ela haveria de honrar muito mais as imagens do Eterno, vivendo de uma maneira honesta no mundo, do que indo trancafiar-se nos claustros; que havia infinitamente mais perigo em se tratando dos *modelos de Maria* do que desses amigos verdadeiros dos quais ela recusava ridiculamente a companhia.

— É preciso que eu vos conheça e que vos ame tanto quanto faço — acrescentava a isso o sr. Sernenval — para que não me inquiete convosco durante todas essas práticas religiosas. Quem me assegura que algumas vezes vós não vos esqueceis sobre o leito macio dos levitas, em vez de ao pé dos altares de Deus? Nada há de tão perigoso quanto todos esses padres patifes; é sempre falando de Deus que seduzem nossas mulheres e filhas, e é sempre em seu nome que eles nos desonram ou enganam. Acreditai-me, cara amiga, possível é ser honesto em qualquer lugar; nem na cela do bonzo, nem no nicho do ídolo, a virtude ergue seu templo, mas no coração de uma mulher casta, e as companhias decentes que vos ofereço nada têm que se alie ao culto que vós lhe deveis... Vós passais por uma de suas mais fiéis sectárias: creio nisso; mas que prova possuo de que realmente mereceis tal reputação? Eu acreditaria bem mais se vos visse resistir a astuciosos ataques; não é a mulher que se coloca na condição de nunca ser seduzida, cuja virtude é a que mais se pode apurar; mas a que está bastante segura de si mesma para se expor a tudo sem nada temer.

Sobre isso a sra. Sernenval nada respondia, pois que, de fato, não havia resposta para esse argumento, mas ela chorava — expediente comum das mulheres fracas, seduzidas ou falsas — e seu marido não ousava prosseguir com a lição.

As coisas estavam nesse estado quando um antigo amigo de Sernenval, de nome Desportes, chegou de Nancy para vê-lo, e para concluir, ao mesmo tempo, alguns negócios que tinha na capital. Desportes era um *bon vivant*, de idade semelhante à do seu amigo, e não odiava nenhum dos prazeres dos quais a natureza benfazeja permitiu ao homem fazer uso para esquecer os males com que o abate; ele não resiste absolutamente à oferta que lhe faz Sernenval de hospedá-lo em sua casa, regozija-se com a satisfação de vê-lo, e surpreende-se concomitantemente com a severidade de sua mulher, a qual, no momento em que toma conhecimento desse estranho na casa, recusa-se absolutamente a aparecer, e nem ao menos desce mais para as refeições. Desportes

A PUDICA, OU O ENCONTRO IMPREVISTO

crê incomodar, quer se hospedar alhures; Sernenval o impede de fazê-lo, e confessa-lhe, enfim, todos os ridículos de sua terna mulher.

— Devemos perdoá-la — dizia o marido crédulo —, ela compensa essas faltas com tantas virtudes que acabou obtendo minha indulgência, e ouso te pedir a tua.

— Assim seja — responde Desportes —, desde que não seja nada pessoal... esqueço tudo, e os defeitos da mulher de quem estimo nunca serão, a meus olhos, senão qualidades respeitáveis.

Sernenval abraça o amigo, e só conversam sobre prazeres.

Se a parvoíce de dois ou três ineptos que, há cinquenta anos, administram em Paris o negócio das mulheres públicas e, especialmente, a de um pulha espanhol que no último reinado ganhava cem mil *écus* por ano na espécie de inquirição da qual se vai falar — se o medíocre rigorismo dessas pessoas não tivesse estupidamente imaginado que uma das mais belas e célebres maneiras de conduzir o Estado, um dos meios mais seguros do governo, uma das bases, em suma, da virtude, era ordenar essas criaturas a prestar conta exata da parte de seu corpo com que se regala ao máximo o indivíduo que a corteja; se não tivesse imaginado que, entre um homem que observa um seio, por exemplo, e outro que se ocupa de um quadril, há decididamente a mesma diferença que entre um homem probo e um canalha, e que aquele que se acha em um ou em outro desses casos (depende do que esteja na moda) deve necessariamente ser o maior inimigo do Estado —, sem essas desprezíveis vilanias, como já disse; certo é que dois estimados burgueses, um dos quais tendo uma mulher beata, o outro sendo solteiro, poderiam ir passar muito legitimamente uma hora ou duas entre as moças; mas quanto a essas absurdas infâmias intimidando o prazer dos cidadãos, não ocorreu a Sernenval fazer sequer com que Desportes vislumbrasse esse tipo de dissipação. Este, percebendo isso e não imaginando os motivos, perguntou ao amigo por que ele já lhe tendo proposto todos os prazeres da capital, não lhe havia falado desse em absoluto. Sernenval objeta o estúpido inquérito, Desportes graceja sobre isso, e, não obstante as listas de m., os relatórios de comissários, os depoimentos de oficiais de polícia e todos os outros ramos dessa velhacaria estabelecidos pelo chefe quanto esse negócio dos prazeres do labrego de Lutécia,[1] diz a seu amigo que ele queria, com efeito, jantar com prostitutas.

— Escuta — respondeu Sernenval —, concordo, inclusive te servirei de introdutor como prova de meu modo filosófico de pensar sobre esse assunto, mas por uma delicadeza que espero não ma censures, pelos sentimentos que devo, em resumo, à minha mulher e que não está em mim dominar, permitirás que eu não partilhe de teus prazeres; eu os proporcionarei a ti, e ficarei nisso.

Desportes zomba um instante de seu amigo, mas vendo-o decidido a não se deixar de modo algum enveredar por esse caminho, a tudo consente, e partem.

A célebre S. J. foi a sacerdotisa no templo da qual Sernenval imaginou sacrificar seu amigo.

— É de uma mulher segura que precisamos — diz

---

[1] Cidade gaulesa sobre cujas ruínas edificou-se Paris. (N. do T.)

A PUDICA, OU O ENCONTRO IMPREVISTO

Sernenval —, de uma mulher honesta; esse amigo, para o qual imploro vossos cuidados, está em Paris por pouco tempo apenas; ele não gostaria de levar más recordações para sua província e lá arruinar vossa reputação; diga-nos com franqueza se tendes o que ele precisa e o que desejais a fim de proporcionar-lhe o deleite.

— Ouçam — retoma S. J. —, bem vejo a quem tenho a honra de me dirigir, não são pessoas como vós que eu engano; vou, portanto, falar-vos como mulher honesta, e meus procedimentos vos provarão que eu o sou. Tenho o que vos interessa; trata-se apenas de pagar o preço justo, é uma mulher encantadora, uma criatura que vos arrebatará assim que a escutardes... é, enfim, o que denominamos um banquete de padre, e vós sabeis que a essas pessoas sendo meus melhores clientes, não lhes dou o que tenho de pior... Faz três dias que o bispo de M. por ela deu-me vinte luíses, o arcebispo de R. fê-la ganhar cinquenta ontem e, ainda nesta manhã, ela me valeu trinta do coadjutor de... Eu vô-la ofereço por dez, e isso, na verdade, senhores, para merecer a honra de vossa estima; mas é preciso ser pontual no dia e na hora, ela está sob o controle do marido, e de um marido ciumento que só tem olhos para ela; só podendo gozar instantes furtivos, é necessário não perder nem um minuto daqueles que tivermos combinado...

Desportes regateou um pouco; nunca uma prostituta fez com que se lhe pagasse dez luíses em toda a Lorena; quanto mais ele procurava baixar o preço, mais ela elogiava a mercadoria; em resumo, ele acabou por concordar e, no dia seguinte, dez horas em ponto foi a hora marcada para o encontro. Sernenval, não desejando de modo algum entrar a meias nesse divertimento, não concordou com um jantar, em troca do qual haviam combinado essas horas de prazer de Desportes, muito satisfeito por resolver tal assunto bem cedo para poder ocupar-se o resto do dia de outros deveres mais essenciais. Soa a hora; nossos dois amigos chegam à casa de sua encantadora alcoviteira; um *boudoir*, onde reina apenas uma luz tênue e luxuriosa, guarda a deusa, lugar onde Desportes vai oferecer em sacrifício.

— Felizardo filho do amor — diz-lhe Sernenval, empurrando-o para o santuário —, voa para os braços voluptuosos que a ti se estendem, e só depois me vem falar de teus prazeres; regozijar-me-ei por tua felicidade, e minha alegria será ainda mais pura porque não serei absolutamente invejoso.

Nossa catecúmena aparece; três horas inteiras mal bastam à sua homenagem; ele retorna, enfim, para assegurar a seu amigo que em sua vida nada viu de semelhante, e que a própria mãe dos amores não lhe teria proporcionado tantos prazeres.

— Ela é, portanto, deliciosa — diz Sernenval, meio inflamado.

— Deliciosa? Ah, não encontraria expressão que te pudesse reproduzir o que ela é, e mesmo agora que a visão deve esvanecer-se, sinto que não há pincel capaz de pintar as torrentes das delícias que me inundaram. Ela acrescenta às graças que recebeu da natureza essa arte tão sensual que lhes confere validade; conhece um certo tempero, possui no gozo tão real ardor que ainda me encontro inebriado... Oh! meu amigo, experimenta, rogo-te, por mais habituado que estejas às belezas de Paris, estou bem seguro de que me confessarás que nunca alguma outra valeu, a teus olhos, o preço desta aqui.

A PUDICA, OU O ENCONTRO IMPREVISTO

Sernenval, sempre firme, contudo emocionado por certa curiosidade, pede a S. J. para que faça passar essa moça diante dele, no momento em que sair do aposento... Ela consente, os dois amigos mantêm-se de pé para a poder observar mais, e a princesa passa com altivez...

Pelos céus — Sernenval transtorna-se quando reconhece sua mulher —, é ela... é essa pudica que, não ousando descer dos seus aposentos por pudor diante de um amigo de seu esposo, tem a impudência de vir se prostituir em tal casa.

— Miserável! — exclama, furioso...

Mas é em vão que tenta se lançar sobre essa pérfida criatura; ela o reconhecera bem no momento em que foi vista, e já ia longe da casa. Sernenval, num estado difícil de expressar, quer incriminar S. J.; esta se desculpa por sua ignorância, ela assegura Sernenval que há mais de dez anos, isto é, bem anteriormente ao casamento desse infortunado, essa jovem criatura participa de encontros em sua casa.

— A celerada! — exclama o infeliz esposo, a quem o amigo tenta, em vão, consolar... — Mas não, que isso termine! O desprezo é tudo que lhe devo; que ela seja para sempre alvo do meu, e que eu tenha aprendido a lição, por meio dessa cruel prova, que nunca é segundo a máscara hipócrita das mulheres que se as deve tentar julgar.

Sernenval retornou a sua casa; porém, não mais encontrou sua prostituta: ela já tomara seu rumo, e ele não se incomodou; seu amigo, não mais podendo suportar sua presença depois do acontecido, despediu-se dele no dia seguinte, e o infortunado Sernenval, isolado, com vergonha e cheio de dor, escreveu um *in-quarto* contra as esposas hipócritas, o qual não corrigiu em absoluto as mulheres, e que os homens jamais leram.

HÁ LUGAR PARA DOIS

Uma belíssima burguesa da rua Saint-Honoré, de aproximadamente 22 anos, gorduchinha e roliça, carnes as mais viçosas e apetitosas, todas as formas modelares ainda que um pouco cheias, e que acrescentava a tão fartos encantos presença de espírito, vivacidade e gosto o mais aguçado por todos os prazeres que lhe proibiam as rigorosas leis do himeneu, decidira, havia quase um ano, arranjar dois ajudantes para seu marido que, sendo velho e feio, a ela não somente desagradava muito, como também cumpria mal, se não raramente, os deveres que, talvez, com um pouco mais de desempenho, poderiam acalmar a exigente Dolmène — assim se chamava nossa bela burguesa. Nada mais bem combinado do que os encontros marcados com esses dois amantes: Des-Roues, jovem militar, ficava normalmente das quatro às cinco horas da tarde e das cinco e meia às sete chegava Dolbreuse, jovem negociante com o rosto mais bonito que se pode ver. Era impossível fixar outros momentos; eram os únicos em que a sra. Dolmène estava tranquila: de manhã, era preciso estar na loja e, à tarde, também tinha de aparecer por lá algumas vezes, ou então o marido voltava, e deviam falar de seus negócios. Por sinal, a sra. Dolmène havia confidenciado a uma de suas amigas que ela gostava muito que os momentos de prazer se sucedessem assim muito próximos um do outro: a chama da imaginação não se apagava, ela assegurava; desse modo, nada mais terno do que passar de um prazer a outro; não era difícil retomar a ação, pois a sra. Dolmène era uma criatura encantadora que calculava ao máximo todas as sensações do amor; pouquíssimas mulheres conheciam-nas como ela própria e, em virtude dos seus talentos, reconhecera que, depois de muito meditar, dois amantes valiam muito mais do que um; com respeito à reputação, era quase a mesma coisa, um encobria o outro; poderiam se equivocar, poderia ser sempre o mesmo a entrar e sair várias vezes durante o dia, e com relação ao prazer, que diferença! A sra. Dolmène, que temia em particular a gravidez, bem segura de que seu marido jamais com ela cometeria a loucura de lhe arruinar a cintura, havia igualmente imaginado que, com dois amantes, havia muito menos risco, quanto ao que temia, do que com um, porque, dizia ela, na condição de excelente anatomista, dois frutos se destruíam mutuamente.

Certo dia, a ordem fixada nos encontros veio a se alterar, e nossos dois amantes, que nunca se tinham visto, conheceram-se de maneira engraçada, conforme mostraremos. Des-Roues foi o primeiro, mas chegara muito tarde, e como se o diabo tivesse se intrometido, Dolbreuse, que era o segundo, chegou um pouco mais cedo.

O leitor inteligente percebe de imediato que, da combinação desses dois pequenos erros, deveria acontecer, infelizmente, um encontro infalível: e assim sucedeu. Porém, mencionaremos como isso se deu e, se possível, ocupemo-nos desse assunto com toda decência e moderação que tal assunto, já por si muito licencioso, exige.

Por obra de um capricho bastante bizarro — mas tão comum entre os homens — nosso jovem militar, cansado do papel de amante, quis, por uns momentos, representar o da amante; em lugar de ser amorosamente abraçado por sua divindade, quis, por sua vez, abraçá-la: em resumo, o que está embaixo, coloca-o em cima, e, por essa inversão de posição, inclinada sobre o altar onde normalmente se oferecia o sacrifício, era a sra. Dolmène que, nua como a *Vênus Calipígia*, e encontrando-se estendida sobre seu amante, apresentava, diante da porta do quarto onde se celebravam os mistérios, o que os gregos adoravam com devoção na estátua que acabamos de mencionar, essa parte mui bela que, em suma — sem sair à procura de exemplos tão remotos — encontra tantos adoradores em Paris. Tal era a atitude quando Dolbreuse, acostumado a entrar sem dificuldade, chega cantarolando, e vê por um ângulo o que uma mulher verdadeiramente honesta não deve, segundo dizem, jamais mostrar.

O que teria causado grande prazer a muitas pessoas fez com que Dolbreuse recuasse.

— O que vejo? — exclamou — ... traidora... é isso que me reservas?

A sra. Dolmène que, naquele momento, se encontrava numa dessas crises em que uma mulher age infinitamente melhor do que raciocina, resolve mostrar-se audaciosa:

— Que diabo tens tu — diz ela ao segundo Adônis, sem deixar de se entregar ao outro —, não vejo nisso nada que te cause muito pesar; não nos perturbes, meu amigo, e contenta-te com o que te resta; como bem podes notar, há lugar para dois.

Dolbreuse, não conseguindo deixar de rir-se do sangue-frio de sua amante, pensou que o mais simples era seguir o conselho dela, não se fez de rogado, e dizem que os três lucraram com isso.

ENGANAI-ME SEMPRE ASSIM

No mundo há poucos seres tão libertinos quanto o cardeal de..., do qual, considerando-se que ainda seja homem saudável e vigoroso, permiti-me guardar o nome em segredo. Sua eminência tem um acordo feito em Roma com uma dessas mulheres cuja profissão oficiosa é fornecer aos devassos objetos necessários ao alimento de suas paixões; todas as manhãs ela leva até ele uma jovem de no máximo treze a catorze anos, a qual monsenhor só usufrui da maneira inconveniente com que os italianos não raro se deliciam, de modo que a vestal, saindo das mãos de Sua Grandeza tão virgem quanto antes, possa, uma segunda vez, ser vendida como nova a algum libertino mais decente. A matrona, totalmente a par das máximas do cardeal, não encontrando, certo dia, a seu alcance, o objeto cotidiano, o qual era obrigação sua fornecer, imaginou travestir como uma menina um belíssimo menino do coro da igreja do chefe dos apóstolos; colocaram-lhe uma peruca, uma touca, saiotes, e todo o aparato falso que se devia impor ao santo homem de Deus. Todavia, não se lhe pôde conferir o que realmente ter-lhe-ia assegurado semelhança total com o sexo que ele imitava; mas essa circunstância muito pouco embaraçava a alcoviteira... — Ele não pôs as mãos lá nestes dias — dizia àquela dentre suas companheiras que a ajudava na trapaça —, ele só visitará, com toda a certeza, o que assemelha essa criança a todas as meninas do universo; assim, nada devemos temer...

A mãezinha se equivocara; decerto ignorava que um cardeal italiano era homem de tato muito delicado, e gosto apurado o bastante para se enganar em semelhantes coisas; chega a vítima, o grande padre a imola, mas ao estremecer pela terceira vez:

— *Per Dio santo* — exclama o homem de Deus —, *sono ingannato, questo bambino è ragazzo, mai non fu putana!* E ele verifica... Contudo, nada acontecendo de muito embaraçoso para um habitante da santa cidade nesse lance aventuroso, sua eminência prossegue, dizendo, talvez, como esse camponês a quem se serviram trufas como batatas: Enganai-me sempre assim. Mas quando a operação terminou:

— Senhora — diz ele à aia —, não vos censuro por vossa confusão.

— Monsenhor, desculpai-me.

— Como vos disse, não vos censuro, mas quando isso acontecer-vos de novo, não deixai de advertir-me, porque... o que eu não vir no primeiro momento, verei neste aqui.

O ESPOSO COMPLACENTE

Toda a França sabia que o príncipe de Bauffremont tinha mais ou menos as mesmas preferências do cardeal de quem acabo de falar. Haviam dado a ele em matrimônio uma mocinha assaz inexperiente, e que, segundo era costume, só foi instruída às vésperas.

— Sem mais explicações — diz a mãe —, pois que a decência me impede de ocupar-me de certos pormenores, tenho uma única coisa a recomendar-vos, minha filha; desconfiai das primeiras propostas que vosso marido vos fizer, e dizei-lhe, veemente: Não, senhor, não é por aí que se aborda uma mulher honesta; *em qualquer outro lugar que vos agrade, mas, certamente, aí não...*

Vão ao leito e, por uma norma do decoro e da honestidade sem margem para dúvida, o príncipe, querendo fazer as coisas conforme os costumes, ao menos pela primeira vez, oferece à sua mulher apenas os castos prazeres do himeneu: mas a jovem bem-educada, lembrando de sua lição:

— Por quem me tomais, senhor? — diz-lhe. Pensais que eu consentiria essas coisas? *Em qualquer lugar que vos agrade, mas, certamente, aí não...*

— Mas senhora...

— Não, senhor, inútil insistirdes, nunca me fareis mudar de opinião.

— Pois bem, senhora, devo contentar-vos — diz o príncipe apropriando-se de seus altares preferidos —, eu ficaria bem zangado se dissessem que alguma vez eu quis vos desagradar.

E venham nos dizer agora que não é necessário instruir as moças quanto às obrigações delas, um dia, para com seus maridos!

O TALIÃO

Um bom burguês da picardia, talvez descendente de um desses ilustres trovadores das margens do Oise ou do Somme, e cuja vida entorpecida, acabara de ser retirada às trevas havia dez ou doze anos por um grande escritor do século; um bom e honesto burguês, eu dizia, habitava a cidade de Saint-Quentin, tão célebre pelos grandes homens que deu à literatura, e o fazia honradamente, ele, a mulher e uma prima em terceiro grau, religiosa em um convento dessa cidade. A prima em terceiro grau era uma moreninha de olhos vivos, rosto bonito e olhar leviano, nariz arrebitado e cintura esbelta; estava ela aflita aos 22 anos e religiosa havia quatro; irmã Petronille era seu nome; tinha, além disso, bela voz, e muito mais temperamento que religião. Quanto ao sr. Esclaponville — assim se chamava nosso burguês — era ele um gorducho bom e alegre, de mais ou menos 28 anos, amando mormente a prima mas nem tanto a sra. Esclaponville, pois que já fazia dez anos que com ela dormia e um hábito de dez anos é bem prejudicial ao fogo do himeneu. A sra. Esclaponville — pois é preciso pintar, por quem passaríamos se não pintássemos num século em que só se precisa de quadros, em que nem mesmo uma tragédia seria aceita se os negociantes de telas não encontrassem nela ao menos seis temas retratados —, a sra. Esclaponville, eu dizia, era uma loura algo insípida, porém branquíssima, com bonitos olhos, bem gordinha e com essas grandes bochechas comumente denominadas no mundo de *bom gozo*.

Até o presente momento, a sra. Esclaponville ignorava que existisse um modo de se vingar de um esposo infiel; casta como sua mãe, que vivera 83 anos com o mesmo homem sem o trair, ainda era bastante ingênua, muito cheia de candura para sequer suspeitar desse crime horrendo que os casuístas denominaram adultério, e que os hedonistas que tudo edulcoram, chamaram simplesmente galanteria; mas uma mulher enganada logo recebe de seu ressentimento conselhos de vingança, e como ninguém gosta de ser ludibriado, nada há que não faça, tão logo seja possível, para não ser motivo de censura. A sra. Esclaponville percebeu, enfim, que seu caro esposo visitava muito amiúde a prima em terceiro grau: o demônio do ciúme apodera-se de sua alma, ela espreita, informa-se e acaba por descobrir que poucas coisas podem ser constatadas em Saint-Quentin como o romance de seu esposo com a irmã Petronille. Segura de seu ato, a sra. Esclaponville declara enfim a seu marido que a conduta que ele segue trespassa-lhe a alma, que, por seu próprio comportamento, não merecia tais atitudes, e suplica-lhe que abandone seus erros.

— Meus erros — responde fleumático o esposo —, ignoras, portanto, que me salvo, minha cara amiga, ao dormir com minha prima religiosa? — Purifica-se a alma em tão santo romance; trata-se de uma identificação com o Ser supremo; é incorporar em si o Espírito Santo: não há nenhum pecado, minha cara, quando estão envolvidas pessoas consagradas a Deus; elas depuram tudo o que se faz com elas e visitá-las, em suma, é abrir caminho à beatitude celeste.

A sra. Esclaponville, bem descontente com o insucesso da repreensão, não diz palavra, mas em seu íntimo jura encontrar recursos para tornar sua eloquência mais persuasiva... nisso tudo, diabo é que as mulheres têm um meio sempre à disposição: por menos bonitas, basta que se manifestem para que acorram vingadores de toda parte.

Havia na cidade certo vigário de paróquia denominado abade Du Bosquet, grande folgazão de uns trinta anos, cortejando todas as mulheres e fazendo da testa de todos os esposos de Saint-Quentin, verdadeira floresta. A sra. Esclaponville fez contato com o vigário; insensivelmente, o vigário também fez contato com a sra. Esclaponville, e os dois acabaram por se conhecer enfim de modo tão completo que teriam podido pintar-se mutuamente dos pés à cabeça sem que fosse possível se equivocarem quanto ao corpo. Ao cabo de um mês, todos vieram felicitar o pobre Esclaponville, que se gabava de ser o único a escapar aos temíveis galanteios do vigário, e de que, em Saint-Quentin, era ele a única fronte que esse patife ainda não maculara.

— Isso não pode ser — diz Esclaponville aos que lhe falavam —, minha mulher é casta como uma Lucrécia; poderiam me dizer cem vezes, que eu não acreditaria.

— Vem, pois — diz-lhe um de seus amigos —, vem que eu te convenço por meio de teus próprios olhos, e veremos em seguida se duvidarás.

Esclaponville deixa-se levar, e seu amigo o conduz a meia légua da cidade, num local solitário onde o Somme, estreitado nas margens entre duas sebes frescas e cobertas de flores, oferece agradável banho aos habitantes da cidade; porém, como o encontro houvesse sido marcado numa hora em que normalmente as pessoas não se banham, nosso pobre marido tem a tristeza de ver chegar, um após o outro, sua honesta mulher e seu rival, sem que ninguém os possa interromper.

— Pois bem — diz o amigo a Esclaponville —, sentes coceira na testa?

— Ainda não — diz o burguês, esfregando-a —, contudo, é possível que, involuntariamente, ela venha até aqui para se confessar.

— Permaneçamos, pois, até o desfecho — diz o amigo...

Não demorou muito: mal havia chegado à deliciosa sombra da sebe olente, o abade Du Bosquet desabotoa tudo o que impede as apalpadelas voluptuosas com que sonha, e põe-se no dever de trabalhar santamente para reunir, é possível que pela trigésima vez, o bom e honesto Esclaponville aos outros esposos da cidade.

— Pois bem, acreditas agora? — pergunta o amigo.

— Retornemos — diz asperamente Esclaponville —, tendo sido obrigado a acreditar, eu bem poderia matar esse maldito padre, e acabariam fazendo com que eu pagasse mais do que ele vale; retornemos, meu amigo, e guarda segredo, eu te peço.

Esclaponville torna a casa todo confuso, e, pouco depois, sua benigna esposa vem se apresentar para jantar ao lado de tão casta pessoa.

— Um momento, queridinha — diz o burguês furioso —, desde minha infância jurei a meu pai nunca jantar com putas.

— Com putas — responde complacentemente a sra. Esclaponville —, meu amigo, esse comentário me surpreende; que motivo tens para tal censura?

— Como, sem-vergonha, que motivo tenho para te censurar? Que foste fazer esta tarde no banho com o nosso vigário?

— Oh, meu Deus — responde a doce mulher —, é apenas isso, meu filho? É apenas isso que tens a me dizer?

— Como, por Deus, é apenas isso...

— Mas, meu amigo, eu segui teus conselhos; não me dissestes que nada se arrisca quando se dorme com pessoas da Igreja? Que depuramos nossa alma em tão santo romance? Que tal ato equivalia a identificar-se ao Ser supremo, fazer entrar o Espírito Santo em si, e abrir caminho, em resumo, à beatitude celeste... pois bem, meu filho, só fiz o que me disseste; sou, portanto, uma santa, não uma meretriz! Ah! Respondo-te que se a alguma dessas boas almas de Deus é dado um meio de abrir caminho, como disseste, à beatitude celeste, esse meio é certamente o sr. vigário, pois nunca vi uma chave tão grande!

O PROFESSOR FILÓSOFO

De todas as ciências que se inculca na cabeça de uma criança quando se trabalha em sua educação, os mistérios do cristianismo, ainda que das mais sublimes matérias dessa educação, sem dúvida não são, entretanto, aquelas que se introjetam com mais facilidade no seu jovem espírito. Persuadir, por exemplo, um jovem de catorze ou quinze anos de que Deus pai e Deus filho são apenas um, de que o filho é consubstancial com respeito ao pai e que o pai o é com respeito ao filho etc., tudo isso, por mais necessário à felicidade da vida, é, contudo, mais difícil de fazer entender do que a álgebra, e quando queremos obter êxito, somos obrigados a empregar certos procedimentos físicos, certas explicações concretas que, por mais que desproporcionais, facultam, todavia, a um jovem, compreensão do objeto misterioso.

Ninguém estava mais profundamente afeito a esse método do que o abade Du Parquet, preceptor do jovem conde de Nerceuil, de mais ou menos quinze anos e com o mais belo rosto que é possível ver.

— Senhor abade — dizia diariamente o pequeno conde a seu professor —, na verdade, a consubstanciação é algo que está além das minhas forças; é-me absolutamente impossível compreender que duas pessoas possam formar uma só: explicai-me esse mistério, rogo-vos, ou pelo menos colocai-o a meu alcance.

O honesto abade, orgulhoso de obter êxito em sua educação, contente de poder proporcionar ao aluno tudo o que poderia fazer dele, um dia, uma pessoa de bem, imaginou um meio bastante agradável de dirimir as dificuldades que embaraçavam o conde, e esse meio, tomado à natureza, devia necessariamente surtir efeito. Mandou que buscassem em sua casa uma jovem de treze a catorze anos, e, tendo instruído bem a mimosa, fez com que se unisse a seu jovem aluno.

— Pois bem — disse-lhe o abade —, agora, meu amigo, concebas o mistério da consubstanciação: compreendes com menos dificuldade que é possível que duas pessoas constituam uma só?

— Oh! meu Deus, sim, senhor abade — diz o encantador energúmeno —, agora compreendo tudo com uma facilidade surpreendente; não me admira esse mistério constituir, segundo se diz, toda a alegria das pessoas celestiais, pois é bem agradável quando se é dois a divertir-se em fazer um só.

Dias depois, o pequeno conde pediu ao professor que lhe desse outra aula, porque, conforme afirmava, algo havia ainda "no mistério" que ele não compreendia muito bem, e que só poderia ser explicado celebrando--o uma vez mais, assim como já o fizera. O complacente abade, a quem tal cena diverte tanto quanto a seu aluno, manda trazer de volta a jovem, e a lição recomeça, mas desta vez, o abade particularmente emocionado com a deliciosa visão que lhe apresentava o belo pequeno de Nerceuil consubstanciando-se com sua companheira, não pôde evitar colocar-se como o terceiro na explicação da parábola evangélica, e as belezas por que suas mãos haviam de deslizar para tanto acabaram inflamando-o totalmente.

— Parece-me que vai demasiado rápido — diz Du Parquet, agarrando os quadris do pequeno conde —, muita elasticidade nos movimentos, de onde resulta que a conjunção, não sendo mais tão íntima, apresenta bem menos a imagem do mistério que se procura aqui demonstrar... Se fixássemos, sim... dessa maneira, — diz o velhaco, devolvendo a seu aluno o que este empresta à jovem.

— Ah! Oh! Meu Deus, o senhor me faz mal — diz o jovem —, mas essa cerimônia parece-me inútil; o que ela me acrescenta com relação ao mistério?

— Por Deus! — diz o abade, balbuciando de prazer —, não vês, caro amigo, que te ensino tudo ao mesmo tempo? É a trindade, meu filho... é a trindade que hoje te explico; mais cinco ou seis lições iguais a esta e serás doutor na Sorbonne.

O CORNO DE SI PRÓPRIO, OU A RECONCILIAÇÃO IMPREVISTA

UM DOS MAIORES defeitos das pessoas mal-educadas é expor uma porção de indiscrições, maledicências ou calúnias sobre tudo o que respira, e isso diante das pessoas que não conhecem; não se poderia imaginar a quantidade de casos que se tornaram o fruto de semelhantes falatórios: qual é o homem honesto, com efeito, que ouvirá falar mal do que o interessa sem dar reparo aos malefícios a que o expõe? Não se faz com que esse princípio de sábia moderação penetre o bastante a educação dos jovens, não se lhes ensina o suficiente a conhecer o mundo, os nomes, as qualidades, as atinências das pessoas com as quais é-lhes dado conviver; coloca-se, no lugar desse princípio, mil asneiras que só servem para a conspurcação, no exato momento em que se alcança a idade da razão. Sempre faz lembrar capuchinhos ensinando, a todo instante, beatices, hipocrisias ou inutilidades, e nunca uma boa máxima de moral. Ide mais longe, interrogai um jovem sobre seus verdadeiros deveres para com a sociedade, perguntai-lhe o que deve a si mesmo e aos outros, de que modo é preciso conduzir-se a fim de ser feliz: ele vos responderá que se lhe ensinou a ir à missa e rezar litanias, mas que nada compreende do que quereis dizer-lhe; que se lhe ensinou a dançar, a cantar, mas não a viver entre os homens. O caso que se tornou a consequência do inconveniente que descrevemos não foi sério a ponto de causar derramamento de sangue, disso não resultando senão um gracejo; e é para esmiuçá-la que iremos abusar alguns minutos da paciência de nossos leitores.

O sr. Raneville, de cinquenta anos aproximadamente, tinha um desses temperamentos fleumáticos que não deixam de exercer, em absoluto, certo encanto no mundo: rindo pouco, mas fazendo os outros rirem muito; pelas tiradas de seu espírito mordaz e pela maneira frívola com que as proferia, amiúde encontrava, unicamente por seu silêncio, ou pelas expressões burlescas de sua fisionomia taciturna, o segredo de divertir mil vezes mais os círculos em que era admitido do que esses tagarelas maçadores sem vivacidade, monótonos, tendo sempre um conto a vos narrar do qual riem uma hora antes, sem ser bastante felizes para alegrar sequer um minuto quantos o escutam. Tinha ele um importante emprego no departamento do fisco, e, para se consolar de um péssimo casamento outrora contraído em Orléans, após ter por lá deixado sua mulher desonesta, em Paris despendia sem preocupação vinte ou 25 mil libras de renda com uma mulher belíssima a quem sustentava, e com alguns amigos tão amáveis quanto ele.

A amante do sr. Raneville não era propriamente uma moça, mas uma mulher casada e, por consequência, mais ardente, pois, mesmo que se queira negar, essa pitada de sal do adultério acrescenta com frequência grande sabor a um gozo; era ela muito bonita, com seus trinta anos, e tinha o mais belo corpo que é possível achar; separada do marido, medíocre e desagradável, viera da província em busca de fortuna em Paris, e não demorara muito para a encontrar. Raneville, naturalmente libertino, à espreita de todo bom pedaço, não deixara escapar este e, havia três anos, por mui honesto tratamento, fineza e dinheiro, fazia com que essa jovem esquecesse todas as decepções que outrora aprouve ao himeneu disseminar em seu caminho. Ambos, tendo aproximadamente o mesmo destino, consolavam-se de maneira mútua, e se certificavam dessa grande verdade que, entretanto, não corrige ninguém, segundo a qual só há tantos casamentos maus e, em consequência, tanta infelicidade no mundo, porque pais avaros ou imbecis unem mais as fortunas do que os temperamentos: pois — dizia amiúde Raneville à sua amante —, é bem certo que se o acaso nos tivesse unido, em vez de nos dar, a vós, um marido tirano e ridículo, e a mim, uma mulher prostituta, as rosas teriam nascido aos nossos pés em vez dos espinhos que por tanto tempo colhemos.

Um acontecimento corriqueiro, do qual é bastante desnecessário falar, levou certo dia o sr. Raneville a essa aldeia lamacenta e insalubre denominada Versalhes, onde reis feitos para serem adorados em sua capital parecem fugir à presença de súditos que os procuram, onde a ambição, a avareza, a vingança e o orgulho levam diariamente uma multidão de infelizes nas asas do tormento a sacrificar ao ídolo do momento, onde a elite da nobreza da França, que poderia desempenhar um papel importante em suas terras, consente vir se humilhar em antecâmaras, adular de modo vil porteiros, ou mendigar humildemente uma refeição pior do que a sua para alguns desses indivíduos que a sorte arranca, por uns momentos, às nuvens do esquecimento, a fim de os recolocar lá pouco depois.

Tendo resolvido seus negócios, o sr. Raneville monta num desses coches da corte denominados "penicos", e lá se encontra fortuitamente em companhia de um certo Dutour, muito tagarela, bem gordo e pesado, grande trocista, também empregado no departamento do fisco, só que em Orléans, sua terra, a qual, conforme disse há pouco, é igualmente a do sr. Raneville. Trava-se a conversa, Raneville sempre lacônico e sem jamais se revelar, já sabe o nome, o sobrenome, a cidade e a ocupação do seu companheiro de estrada, antes de dizer sequer uma palavra. Tendo informado esses detalhes, o sr. Dutour adentra um pouco mais naqueles da sociedade.

— Vós estivestes em Orléans, senhor — diz Dutour —, segundo me parece, acabais de afirmar isso.

— Em tempos passados, lá residi alguns meses.

— E conhecestes, dizei-me, certa sra. Raneville, uma das maiores p. do mundo que já moraram em Orléans?

— Sra. Raneville, uma mulher bastante bonita.

— Exato.

— Sim, eu a conheci em certa ocasião.

— Pois bem, eu vos direi confidencialmente que a possuí, por três dias, como se faz com uma p. Com toda certeza, se há um marido cornudo, pode-se dizer que ele é esse pobre Raneville.

— E o conheceis?

— Não, só de nome; trata-se de pessoa má, que se arruína em Paris, segundo dizem, com moças e devassos como ele.

— Nada vos direi sobre ele; não o conheço, mas

compadeço-me dos maridos cornos; não o sois, por acaso, senhor?

— A qual dos dois vos referis, ao marido ou ao corno?

— A um e outro; essas coisas estão de tal forma ligadas hoje em dia que na verdade é muito difícil diferenciá-las.

— Sou casado, senhor; tive a infelicidade de desposar uma mulher que comigo não se satisfez; e como seu temperamento me conviesse muito pouco, nós nos separamos amigavelmente, ela preferiu vir para Paris partilhar da solidão de uma de suas parentas, religiosa do convento de Sainte-Aure, e reside nessa casa, de onde me envia notícias suas de vez em quando, porém de maneira nenhuma a vejo.

— Ela é devota?

— Não; mas talvez eu tivesse preferido isso.

— Ah! Eu vos compreendo. E vós não tivestes sequer a curiosidade de vos informar sobre sua saúde, nesta vossa estada a que ora vos obrigam vossos negócios em Paris?

— Em verdade, não, não gosto dos conventos: amigo dos prazeres, da alegria, criado para os entretenimentos, festejado nos círculos sociais, não ouso em absoluto ir me arriscar num locutório há pelo menos seis meses de vapores.[1]

— Mas uma mulher...

— ... É um indivíduo que pode interessar quando

---

[1] Na medicina antiga (séculos XVII e XVIII), suposto mal-estar provocado por emanações de corpos de pessoas em determinado estado de espírito. (N. do T.)

dela nos servimos, mas da qual devemos saber nos separar quando sérias razões dela nos afastam.

— Há severidade no que dizeis.

— Absolutamente... sabedoria... é o tom do presente, é a linguagem da razão; devemos adotá-la, ou passar por idiotas.

— Isso supõe algum desvio em vossa mulher; explicai-me isso: desvio de natureza, de complacência ou de conduta?

— Um pouco de tudo... um pouco de tudo, senhor, mas deixemos isso, rogo-vos, e retornemos a essa cara sra. Raneville: por Deus, não compreendo que, tendo estado em Orléans, vós não tenhais vos divertido com essa criatura... pois todos a possuíram.

— Todos, não, pois bem vedes que eu não a possuí: não gosto de mulheres casadas.

— E sem querer ser por demais curioso: com quem passais vosso tempo, senhor, eu vos pergunto?

— Primeiramente com meus negócios, e, em seguida, com uma criatura bastante bonita, com quem janto de vez em quando.

— Não sois casado, senhor?

— Sou.

— E vossa mulher?

— Ela se encontra na província, e deixo-a lá, assim como deixais a vossa em Sainte-Aure.

— Casado, senhor, casado, e seríeis da confraria? Por favor, respondei-me.

— Não vos disse que esposo e corno são sinônimos? A depravação dos costumes, o luxo... tantas coisas que fazem uma mulher decair.

— Oh! É bem verdade, senhor, é bem verdade.

— Respondeis como homem sábio.

— Não, absolutamente; se bem que, senhor, uma belíssima pessoa vos consola à ausência da esposa abandonada.

— Sim, na verdade, uma belíssima pessoa; quero que a conheceis.

— Senhor, eu ficaria muito honrado.

— Oh! Nada de cerimônias, senhor; eis-nos ao nosso destino; deixo-vos livre esta noite, por causa de vossos negócios, mas amanhã sem falta espero-vos para jantar no endereço que vos entrego.

E Raneville tem o cuidado de dar um endereço falso, no qual pronto adverte, a fim de que os que vierem perguntar por ele chamando-o por este nome o possam encontrar com facilidade.

No dia seguinte, o sr. Dutour por razão nenhuma falta ao encontro, e, tendo sido tomadas as precauções, de modo a fazer com que, com um nome fictício, a ele fosse dado encontrar Raneville na residência, ele entra sem dificuldade. Aos primeiros cumprimentos, Dutour parece inquieto por não vislumbrar ainda a divindade que espera ver.

— Homem impaciente — diz-lhe Raneville —, daqui vejo o que procuram vossos olhos... prometi-vos uma bela mulher; já desejaríeis voltear em sua presença; acostumado a desonrar a fronte dos maridos de Orléans, desejaríeis, estou bem certo disso, tratar da mesma forma os amantes de Paris: aposto como estaríeis bem contente de me colocardes na mesma condição desse infeliz Raneville, de quem ontem me falastes de modo tão divertido.

Dutour responde como homem galante, como pretensioso e, consequentemente, como tolo, a conversação se torna divertida por uns instantes e Raneville, tomando o amigo pela mão:

— Vinde — diz-lhe —, homem cruel! Vinde ao próprio templo onde a divindade vos espera.

Dizendo isso, ele faz com que Dutour entre num gabinete luxurioso, onde a amante de Raneville, preparada para o gracejo e, tendo a palavra, encontrava-se no mais elegante *déshabillé*, sobre uma otomana de veludo, porém velada: nada ocultava a elegância e a exuberância de seu porte, apenas era impossível ver-lhe o rosto.

— Eis uma pessoa belíssima — exclama Dutour —, mas por que me privar do prazer de admirar suas feições, estamos aqui, portanto, no harém do grande Senhor? — Não, não é preciso comentários; trata-se de pudor.

— Como, de pudor?

— Seguramente; acreditais que eu queira me limitar a vos mostrar somente o porte ou o *déshabillé* de minha amante; meu triunfo seria completo se, ao retirar todos esses véus, eu vos convencesse do quanto devo estar feliz pela posse de tão fartos encantos. Como essa jovem fosse singularmente modesta, enrubesceria com tais detalhes; ela bem quis concordar com isso, mas sob a cláusula expressa de estar coberta. Sabeis o que é o pudor e as delicadezas das mulheres, sr. Dutour; não é a um homem elegante com trajes da moda como vós que se prescreveria acerca de tais coisas!

— Como, por Deus, ireis me mostrar?

— Tudo, já vos disse; ninguém tem menos ciúme do que eu; a felicidade que se experimenta sozinho me parece insípida; só encontro satisfação junto à outra pessoa com quem compartilho.

E para constatar suas máximas, Raneville começa por retirar um lenço de gaze que revela nesse instante o mais belo pescoço que é possível deslumbrar... Dutour se inflama.

— E então — diz Raneville —, o que achais disso?

— São os atributos da própria Vênus.

— Acreditai: seios tão alvos e firmes são feitos para incendiar... tocai-os, meu camarada! Os olhos algumas vezes nos enganam; minha opinião é a de que, em matéria de volúpia, é preciso valer-se de todos os sentidos.

Dutour estende a mão trêmula, apalpa, com êxtase, o mais belo seio do mundo, e não deixa de se surpreender com a incrível complacência de seu amigo.

— Vamos, mais para baixo! — diz Raneville, levantando até o ventre uma saia leve de tafetá, sem que nada se oponha a essa incursão. Pois bem! O que dizeis dessas coxas? Acreditais que o templo do amor possa ser sustentado por colunas mais belas do que essas?

E o caro Dutour, continuando a apalpar tudo o que Raneville lhe exibia:

— Patife! Adivinho vossos pensamentos — continua o complacente amigo —, esse delicado templo, que as próprias Graças cobriram de um musgo suave... ardeis com desejos de entreabri-lo, não é verdade? O que digo; com vontade de lá colher um beijo, isso sim.

E Dutour transtornado... balbuciando... não respondia mais senão pela violência das sensações das quais seus olhos eram os instrumentos; encorajam-no... seus dedos libertinos acariciam os pórticos do templo que a própria volúpia descerra a seus desejos: esse beijo divino permitido, ele o dá, e por uma hora o saboreia.

— Amigo — diz ele —, não aguento mais! Expulsai-me de vossa casa, ou permiti que eu siga em frente.

— Como? Em frente? E para que diabo de lugar desejas ir, respondei-me?

— Pobre de mim; vós não me compreendeis de modo algum; estou inebriado de amor, não posso mais me conter.

— E se essa mulher é feia?

— É impossível sê-lo com encantos tão divinos.

— Se ela é...

— Que ela seja tudo o que quiser, eu vos digo, meu caro; não posso mais resistir a isso.

— Segui em frente, portanto, terrível amigo, segui; satisfazei-vos, pois que é preciso: sereis pelo menos grato por minha complacência?

— Ah! Terei a maior gratidão, sem dúvida. E Dutour com a mão afastava delicadamente o amigo, como que para deixá-lo a sós com essa mulher.

— Oh! Para deixar-vos, não, não posso — diz Raneville —, mas sois, assim, tão escrupuloso que não podeis vos contentar com minha presença? Entre homens não se age absolutamente desse modo: de resto, são minhas condições; ou diante de mim, ou nada.

— Fosse diante do diabo — diz Dutour, não se contendo mais e precipitando-se ao santuário em que seu incenso vai se queimar —, se assim quereis, concordo com tudo...

— Pois bem — dizia de modo fleumático Raneville —, as aparências vos enganaram, e as delícias prometidas por tão diversos encantos são ilusórias ou reais... ah! nunca, nunca vi algo de tão voluptuoso.

— Mas esse maldito véu, amigo, esse véu pérfido: não me será permitido retirá-lo?

— Sim... no último momento, naquele momento tão deleitável, em que todos os nossos sentidos, seduzidos pela embriaguez dos deuses, ela sabe nos tornar tão afortunados quanto eles próprios, e amiúde bem superiores. Essa surpresa dobrará vosso êxtase: ao encanto de usufruir a própria Vênus, vós acrescentareis as inexprimíveis delícias de contemplar as feições de Flore, e tudo isso se unindo a fim de aumentar vossa felicidade; mergulhareis com bem mais facilidade nesse oceano de prazeres, onde o homem encontra com tanta satisfação o consolo de sua existência... Vós me fareis um sinal...

— Oh! Como podeis ver — diz Dutour —, sinto-me arrebatado neste momento.

— Sim, estou vendo; sois fogoso.

— Mas fogoso a um ponto... Ó meu amigo! Atinjo este instante celeste! Arrancai, arrancai esses véus, que eu contemple o próprio firmamento.

— Ei-lo — diz Raneville fazendo desaparecer o véu —, mas cuidado para não encontrardes talvez, um pouco perto desse paraíso o inferno! — *Oh! Pelos céus* — exclama Dutour, ao reconhecer sua mulher — ... *O quê? Sois vós, senhora?...* Senhor, que estranho gracejo! Vós mereceríeis... essa celerada...

— Um momento, um momento, homem fogoso! Sois vós que mereceis tudo; aprendei, meu amigo, que é preciso ser um pouco mais cauto com as pessoas que não se conhece do que o fostes comigo ontem. Esse infeliz Raneville que haveis tratado tão mal em Orléans... sou eu mesmo, senhor; como vedes, eu o retribuo a vós em Paris; de resto, aqui estais, bem mais avançado do que poderíeis crer; pensáveis ter feito corno de mim e acabais de fazê-lo de vós mesmo.

Dutour aprendeu a lição, estendeu a mão ao amigo, e concordou que recebera o que havia merecido.

— Mas essa pérfida...

— Pois bem, ela não vos imita? Qual é a lei bárbara que faz acorrentar desumanamente esse sexo, concedendo-nos toda a liberdade? É ela equitativa? E por que direito natural encerrais vossa mulher em Sainte-Aure, enquanto, em Paris e em Orléans, fazeis os maridos cornos? Meu amigo, isso não é justo, essa encantadora criatura, cujo valor não soubestes reconhecer, veio em busca de outras conquistas: ela teve razão; encontrou-me; faço sua felicidade; fazei a da sra. Raneville; concordo com isso, vivamos felizes os quatro, e que as vítimas do destino não se tornem as dos homens.

Dutour achou que seu amigo tinha razão, mas por uma fatalidade inconcebível, tornou a se apaixonar loucamente por sua mulher; Raneville, por mais cáustico, tinha a alma bela demais para resistir aos pedidos de Dutour quanto a recuperar sua mulher, a jovem concordou com isso, e houve nesse acontecimento único, sem dúvida, um exemplo bem singular dos golpes do destino e dos caprichos do amor.

AUGUSTINE DE VILLEBLANCHE, OU O ESTRATAGEMA DO AMOR

DE TODOS os desvios da natureza, o que mais causou reflexão, que pareceu mais estranho a esses pseudofilósofos que tudo querem analisar sem nunca compreender algo — dizia a uma de suas melhores amigas, certo dia, a srta. Villeblanche, da qual falaremos oportunamente daqui a pouco —, é esse gosto bizarro que mulheres de certa compleição, ou de certo temperamento, desenvolveram com respeito a pessoas do seu sexo. Embora bem anteriormente à imortal Safo, e depois dela, não tivesse existido uma única região do universo, sequer uma cidade, que não nos tivesse dado mulheres nascidas desse tipo de capricho, e de acordo com provas tão cabais, fosse mais razoável acusar a natureza de bizarria do que a essas mulheres de crime contra a natureza, jamais, entretanto, deixou-se de as censurar, e, sem a autoridade imperiosa que sempre teve o nosso sexo, quem sabe se algum Cujas, algum Bartole, algum Luís IX, teriam imaginado criar leis de *fagots*,[1] contra essas criaturas, do modo como ousaram promulgar contra os homens que, formando o mesmo gênero singular, e por tão boas razões, sem dúvida, imaginaram, entre eles,

---

[1] *Fagot* tem por tradução feixe de lenha; nesta passagem, Sade alude à fogueira onde ardiam os hereges. (N. do T.)

poder se bastar a si próprios, e pensaram que a mistura dos sexos, muito útil à propagação, podia muito bem não ter essa mesma importância para os prazeres. — Queira Deus que não tomemos nenhum partido sobre isso... não é, minha cara? — continuava a bela Augustine de Villeblanche, lançando a essa amiga beijos que pareciam, entretanto, no mínimo, suspeitos, mas em vez de *fagots*, em vez de desprezo, em vez de sarcasmos — essas armas de todos e embotadas em nossos dias —, não seria infinitamente mais simples, num gesto totalmente indiferente à sociedade, tão ao agrado de Deus, e, talvez mais útil à natureza do que se imagina, que se permitisse a cada qual agir segundo a própria vontade?... O que se pode temer dessa depravação? Aos olhos de todo ser verdadeiramente sábio, parecerá que ela é capaz de exercer influência sobre maiores depravações, mas nunca me convencerão de que ela pode acarretar depravações perigosas... Pelos céus! Receia-se que os caprichos dessas pessoas, de um ou de outro sexo, sejam a causa do fim do mundo; que ponham em risco a valiosa espécie humana, e que seu pretenso crime a aniquile, por não se entregarem à sua multiplicação? Refleti bem sobre isso, e vereis que todas essas perdas quiméricas são inteiramente indiferentes à natureza; que não apenas ela não as condena em absoluto, mas também prova a nós, de mil maneiras, que as quer e deseja; e, contrariassem-na essas perdas, ela haveria de as tolerar em mil casos; permitiria ela, fosse-lhe a progenitura tão essencial, que uma mulher a isso não pudesse servir senão durante um terço de sua vida, e que, ao sair-lhe das mãos metade dos seres que ela gera, estes tivessem inclinações contrárias a essa progênie, exigida, todavia, por ela? Sendo mais preciso: ela permite que as espécies se multipliquem, mas não exige isso de modo algum, e, bem segura de que haverá sempre mais indivíduos do que lhe é necessário, longe está de contrariar os pendores de quantos não se entregam à reprodução, e que se recusam a conformar-se a isso. Ah! Deixemos que aja essa boa mãe; convençamo-nos de que imensos são os seus recursos, de que nada do que fazemos a ultraja e o crime que atentaria contra as suas leis jamais nos há de sujar as mãos.

A srta. Augustine de Villeblanche, de cuja parte da lógica acabamos de tomar conhecimento, tendo se tornado senhora de seus atos aos vinte anos de idade, e podendo dispor de trinta mil libras de renda, decidira-se, por gosto, nunca se casar; de boa origem, sem ser ilustre, era ela filha de um homem que enriquecera nas Índias, que a tivera como única filha, e morrera sem nunca a poder convencer de se casar. Não devemos dissimulá-lo; essa repugnância que Augustine manifestava pelo casamento em muito se devia a esse tipo de capricho do qual ela acabara de fazer apologia; seja por conselhos, por educação, seja por disposição de órgão ou pelo calor do seu sangue (nascera em Madras), seja por inspiração da natureza, enfim, seja por tudo o que se quiser, a srta. Villeblanche detestava os homens, e de todo se entregava àquilo que ouvidos castos entenderão com o termo safismo; não encontrava volúpia senão nas pessoas de seu sexo, e só com as Graças se compensava do desprezo que votava ao Amor.

Para os homens, Augustine era um verdadeiro desperdício; alta, podendo servir de modelo a um pintor, com cabelos castanhos os mais belos, nariz um pouco aquilino, dentes extraordinários, e olhos de uma expressão, de uma vivacidade! Pele tão fina, tão branca, o conjunto, numa palavra, evocando tão ardente lascívia... que bem certo era que vê-la assim, perfeita para dar amor e tão determinada a não o receber de maneira alguma, poderia arrancar a muitos homens infinitas zombarias contra determinado gosto, por sinal, muito simples, mas privando, contudo, os altares de Pafo[2] de uma das criaturas do universo mais apropriadas a servi-los — vê-la assim por força havia de animar os sectários dos templos de Vênus. A srta. Villeblanche ria prazerosamente dessas censuras todas, dessas maledicências, e por isso não se dava menos a seus caprichos.

— A maior de todas as loucuras — dizia ela — é enrubescer por causa de nossas inclinações naturais; e zombar de qualquer indivíduo que possua gostos singulares é absolutamente tão desumano quanto escarnecer de um homem ou de uma mulher saída zarolha ou coxa do seio de sua mãe; mas convencer os tolos sobre esses princípios racionais é tentar impedir o movimento dos astros. Para o orgulho, há uma espécie de prazer em zombar dos defeitos que se não tem, e essa satisfação é tão doce ao homem, e particularmente aos néscios, que é muito raro vê-los renunciar a tal comportamento, este, por sinal, fomenta a malvadez, as frívolas palavras de espírito, os calembures vulgares, e, para a sociedade, isto é, para um grupo de seres que o tédio reúne e a estupidez modifica, é tão doce falar duas ou três horas sem nada dizer! Tão delicioso brilhar à custa dos ou-

---

[2] Antiga cidade da ilha de Chipre, célebre por seu templo de Afrodite (N. do T.)

tros, e proclamar, estigmatizando um vício, que se está bem longe de o possuir... é uma espécie de elogio que se faz tacitamente a si mesmo; por esse preço é lícito inclusive associar-se aos outros, tracejar maquinações secretas a fim de pisar no indivíduo cujo grande erro é não pensar como a maioria dos mortais; e a pessoa volta para casa toda entufada devido à espirituosidade que não lhe faltou, embora com tal conduta só se tenha demonstrado, essencialmente, pedantismo e estupidez.

Assim pensava a srta. Villeblanche; decidida de maneira muito segura a nunca se reprimir, desdenhando as maledicências e bastante rica para manter-se a si própria acima de sua reputação, visava epicuristamente a uma vida voluptuosa, e de maneira nenhuma a beatices celestiais em que acreditava muito pouco, para não mencionar a ideia de uma imortalidade, por demais quimérica aos seus sentidos; no centro de um pequeno círculo de mulheres que pensavam como ela, a cara Augustine entregava-se inocentemente a todos os prazeres que a deleitavam. Tivera muitos pretendentes, mas todos haviam sido muito maltratados e quando já se estava prestes a se renunciar a tal conquista, um jovem de nome Franville, de semelhante condição social, ao menos tão rico quanto ela, tendo se apaixonado como louco, não apenas não se revoltou de maneira nenhuma com sua firmeza, como também decidiu com muita seriedade não abandonar o posto enquanto ela não fosse conquistada; comunicou o projeto a seus amigos, que dele zombaram; asseverou-lhes que obteria êxito; eles o desafiaram a obtê-lo, e ele se lançou à empresa. Franville, com dois anos menos que a srta. Villeblanche, quase não tinha barba, mas boa estatura, e feições as mais delicadas, e os cabelos mais bonitos do mundo; quando o trajavam de mulher, ficava tão bem que sempre enganava os dois sexos, e recebia amiúde, fugindo ao assédio de uns, dos que demonstravam segurança em sua ação, uma grande quantidade de declarações tão objetivas que no mesmo dia seria capaz de se tornar o Antínoo de algum Adriano ou o Adônis de alguma Psique. Foi com esse disfarce que Franville imaginou seduzir a srta. Villeblanche; veremos como procedeu.

Um dos maiores prazeres de Augustine era, durante o carnaval, vestir-se de homem, e participar de todos os bailes com esse disfarce, tão análogo a suas inclinações; Franville, que lhe mandava vigiar os passos, e que até aquele momento tivera o cuidado de revelar-se-lhe bem pouco, soube, certa feita, que essa a quem adorava na mesma noite iria a um baile organizado por associados da Ópera, onde todos os mascarados poderiam entrar, e que, segundo costume dessa moça encantadora, ela se apresentaria como capitã dos dragões. Ele se disfarça de mulher, enfeita-se, veste-se com toda elegância e propriedade, carrega a maquiagem, prescindindo da máscara, e, acompanhado por uma de suas irmãs, muito menos bonita do que ele próprio, apresenta-se assim no baile, para onde a amável Augustine se dirigia em busca de aventura.

Menos de três voltas pelo salão bastaram para que Franville fosse distinguido pelos olhos experientes de Augustine.

— Quem é aquela bela moça? — pergunta a srta. Villeblanche a uma amiga que a acompanhava — ... creio nunca tê-la visto; como é possível que tão deliciosa criatura tenha, pois, nos escapado?

Mal haviam sido pronunciadas essas palavras, e Augustine faz quanto pode para encetar conversa com a falsa senhorita de Franville, que a princípio foge, inquieta-se, esquiva-se, escapa, e tudo isso a fim de fazer com que a desejem com mais ardor; por fim, ela o aborda, frases banais travam inicialmente a conversa, a qual, a pouco e pouco, torna-se mais interessante.

— Está fazendo um calor insuportável no salão — diz a srta. Villeblanche —, deixemos nossas companhias juntas, e tomemos um pouco de ar nesses aposentos onde nos divertimos e refrescamos.

— Ah! Senhor, — diz Franville à srta. Villeblanche, a qual ainda finge confundir com um homem... — na verdade, não ouso fazer isso: estou aqui apenas com minha irmã, mas sei que minha mãe deverá vir com o esposo que me foi destinado, e se ambos me vissem convosco, seria uma grande confusão...

— Bem, bem, é preciso pôr-se ao abrigo de todo esse medo infantil... Qual a vossa idade, meu anjo?

— Dezoito anos, senhor.

— Ah! Digo-vos que aos dezoito já se deve ter adquirido o direito de fazer tudo o que se quiser... vamos, vamos, acompanhai-me, e não tenhais nenhum medo...
— E Franville se deixa levar.

— É verdade, encantadora criatura — continua Augustine, conduzindo a pessoa a quem ainda toma por uma moça aos aposentos contíguos ao salão do baile... —, é verdade, realmente vós vos unireis em matrimônio?... como lamento por vós! E quem é ele, essa pessoa a quem vos destinam? Um maçador, decerto... Ah, como será feliz, esse homem, e como eu gostaria de estar no lugar dele! Consentiríeis desposar-me a mim, por exemplo? Dizei-me francamente, jovem celestial.

— Ai de mim! Senhor, acaso não sabeis que, quando se é jovem, segue-se os impulsos do coração?

— Pois bem; recusai-o, esse homem vil! Tornar-nos-emos ambos mais íntimos, e, se gostarmos... por que não nos unir-nos? Não preciso, graças a Deus, de permissão nenhuma; embora tenha só vinte anos, sou senhor de minha vida, e se pudésseis persuadir vossos pais em meu favor, antes de oito dias talvez estivésseis, vós e eu, ligados pelos laços eternos.

Tagarelando, saíram do baile, e a astuta Augustine, que até lá não conduzia sua presa para fugir ao perfeito amor, teve o cuidado de a conduzir a um aposento muito isolado, do qual, por meio de acordos acertados com os organizadores do baile, ela sempre tinha o cuidado de se fazer senhora.

— Oh Deus! — diz Franville, tão logo vê Augustine fechar a porta desse quarto e envolvê-lo nos seus braços — Oh pelos céus! Que desejais fazer?... O quê? Convosco, frente a frente, senhor, e num lugar tão retirado... deixai-me, deixai-me, rogo-vos! Ou chamo agora mesmo por socorro.

— Impedir-te-ei de fazê-lo, anjo divino — diz Augustine, apertando a bela boca contra os lábios de Franville —, grita agora, grita se podes, e o puro sopro de teu hálito de rosas abrasará ainda mais cedo o meu coração.

Franville defendia-se com bastante tibieza: é difícil encolerizar-se muito quando se recebe de maneira tão terna o primeiro beijo de quem se adora. Augustine, encorajada, investia com mais força, nisso pondo essa veemência que só com efeito conhecem as mulheres deliciosas, arrebatadas por essa fantasia. Em breve as mãos se desgarram; Franville faz o papel da mulher que cede, igualmente deixa que suas mãos explorem o corpo. Todas as vestes são retiradas, e os dedos se dirigem quase ao mesmo tempo para onde cada um crê encontrar o que lhe convém... Então, Franville muda imediatamente de papel:

— Oh! Pelos céus — exclama ele —, o quê? Sois uma mulher...

— Horrível criatura — diz Augustine, pondo a mão em partes do corpo que não dão margem à dúvida —, tanto trabalho para encontrar um mísero homem... é preciso ter azar demais.

— Na verdade, não mais do que eu — diz Franville, recompondo-se, e dando mostras do mais profundo desprezo —, uso esse disfarce para seduzir os homens; eu os amo, corro atrás deles, e só encontro uma p...

— Oh, p..., não — diz Augustine, com rancor — ... nunca o fui em minha vida; não é por se detestar os homens que se pode ser tratada dessa maneira... — Como, sois mulher, e detestais os homens?

— Sim, e isso pela mesma razão de serdes homem e detestardes mulheres.

— Um encontro singular — eis tudo o que se pode dizer.

— E para mim muito triste — acrescenta Augustine, revelando todos os sintomas de descontentamento mais acentuado.

— Em verdade, senhorita, tal encontro é ainda mais fastidioso para mim — diz asperamente Franville —, desonrado por três semanas: sabeis que em nossa ordem fazemos voto de nunca tocar em mulheres?

— Parece-me que, sem se desonrar, é possível tocar numa como eu.

— Com efeito, minha bela — continua Franville —, não vejo grande motivo para a exceção, e não compreendo que um vício para vós valha um mérito adicional.

— Um vício? Mas caberia a vós censurar-me pelos meus, quando partilhais da mesma infâmia?

— Escutai — diz Franville —, não continuemos discutindo; o melhor é nos separarmos e nunca mais nos vermos.

E, dizendo isso, Franville prepara-se para abrir a porta.

— Um momento, um momento — diz Augustine, impedindo-o de fazer isso —, ides espalhar nossa aventura pelo mundo todo, aposto.

— Talvez venha a me divertir com isso.

— Que me importa, de resto, estou, graças a Deus, acima da maledicência; retirai-vos, e dizei tudo o que vos aprouver... — e impedindo-o de sair mais uma vez — sabei — diz ela sorrindo — que essa história é extraordinária... nós dois nos enganávamos.

— Ah! o erro é muito mais intolerável — diz Franville — a pessoas de meu gosto, do que a pessoas do vosso... e esse vazio nos repugna...

— Por minha fé, meu caro! Sabei que o que nos ofereceis desagrada ao menos tanto quanto a vós! Ora, o desencanto é igual em cada um, mas a aventura é muito engraçada; não deixemos de concordar com isso. Voltareis ao baile?

— Não sei.

— No que me diz respeito, não volto mais lá — diz

Augustine — ...vós me fizestes experimentar coisas... contrariedade... vou me deitar.

— Perfeito.

— Mas vejamos se sereis bastante cortês para dardes o braço até minha casa; minha residência fica a dois passos daqui; não estou com minha carruagem; ireis me deixar aqui...

— Não, eu vos acompanharei de bom grado — diz Franville —, nossas inclinações não nos impedem de sermos polidos... quereis minha mão?... ei-la.

— Só me sirvo dela porque não encontro coisa melhor, pelo menos.

— Ficai tranquila; para mim, só vô-la ofereço por honestidade.

Chegam à porta da casa de Augustine, e Franville apresta-se a se despedir.

— Em verdade, sois delicioso — diz a srta. Villeblanche —, o quê? Deixar-me-eis na rua?

— Com mil desculpas — diz Franville — ...eu não pretendia...

— Ah, como são rudes esses homens que não amam as mulheres!

— É que — diz Franville, dando, todavia, o braço à srta. Villeblanche até sua residência —, vede, senhorita, eu gostaria de retornar bem rápido ao baile e nele tentar reparar minha estupidez.

— Vossa estupidez? Estais, pois, bem irritado por ter-me encontrado?

— Eu não disse isso; mas não é verdade que podíamos os dois ter um encontro infinitamente melhor?

— Sim, tendes razão — diz Augustine, entrando

enfim eu seu apartamento —, tendes razão, senhor, eu, sobretudo... pois temo que esse funesto encontro não me custe a felicidade de minha vida.

— De que modo? Não estais, portanto, bem segura de vossos sentimentos?

— Ainda ontem estava.

— Ah! Não sustentais vossas tácitas afirmações.

— Não sustento coisa alguma; vós me impacientais.

— Pois bem, eu me retiro, senhorita, me retiro... Deus me livre de vos incomodar por mais tempo.

— Não! Permanecei, ordeno-vos! Seríeis capaz de vos esforçar a fim de obedecer a uma mulher pelo menos uma vez em vossa vida?

— Nada há que eu não faça — diz Franville, sentando-se por complacência —, já vos disse; sou honesto.

— Sabeis que, na vossa, é muito decente ter gostos tão singulares?

— Oh! Isso é muito diferente! No nosso caso, trata-se de discrição, pudor... até mesmo orgulho, se quiserdes; medo de entregar-se a um sexo que nos seduz somente para subjugar-nos... Entretanto, os sentidos não mentem, e encontramos alívio entre nós; conseguimos ocultar-nos muito bem, e disso resulta um verniz de sabedoria que frequentes vezes engana; assim, a natureza se satisfaz, a decência é observada e os costumes não são ultrajados.

— Eis o que se costuma chamar um bom e belo sofisma; procedendo dessa maneira, justificar-se-ia tudo; e o que dizeis em tudo isso que também não possamos alegar em favor nosso?

— De maneira alguma! Com preconceitos muito diferentes, não deveis ter medo que tais; vosso triunfo está em nossa derrota... mais multiplicais vossas conquistas, mais acrescentais à vossa glória, e não vos podeis abster dos sentimentos que em vós despertamos, senão pelo vício ou pela depravação.

— Na verdade, creio que me hás de converter.

— Eu o desejaria.

— O que ganharíeis com isso, enquanto vós mesma continuaríeis em erro?

— É uma necessidade imposta pelo meu sexo, e, tal como as mulheres, fico bem contente de trabalhar para elas.

— Se o milagre se realizasse, seus efeitos não seriam tão gerais quanto imaginais; eu só desejaria me converter para uma única mulher para pelo menos... tentar.

— O que dizeis é justo.

— O que é bem certo é que há certo preconceito, acredito, a tomar partido antes de ter experimentado tudo.

— Como? Nunca tivestes uma mulher?

— Nunca; e vós... possuiríeis por acaso primícias tão seguras?

— Oh, primícias, não... as mulheres que nós vemos são tão hábeis e tão ciumentas que nada nos permitem... mas nunca conheci um homem em minha vida.

— E fizestes um juramento?

— Sim, jamais quero ver um, ou, pelo menos tão singular quanto eu.

— Lamento não ter feito o mesmo voto.

— Não creio que seja possível ser mais impertinente...

E dizendo essas palavras, a srta. Villeblanche levanta-se e diz a Franville que ele pode se retirar. Nosso jovem amante, sempre frívolo, faz uma profunda reverência e se prepara para sair.

— Retornais ao baile — diz-lhe secamente a srta. Villeblanche, observando-o com um despeito aliado ao mais ardente amor.

— Mas sim, eu vos disse; é o que me parece.

— Pelo visto, não sois capaz do sacrifício que vos faço.

— Que sacrifício me haveis feito?

— Só voltei para casa a fim de nada mais ver depois de ter tido a infelicidade de vos conhecer.

— Infelicidade?

— Sois vós que me forçais a empregar essa expressão; só de vós dependeria que eu lançasse mão de uma bem diferente.

— E como haveríeis de conciliar isso com vossos gostos?

— O que não se abandona quando se ama!

— É verdade; mas ser-vos-ia impossível amar-me.

— Concordo com isso; se conservásseis hábitos tão detestáveis quanto esses que descobri em vós.

— E se eu renunciasse a eles?

— No mesmo instante, havia de imolar os meus nos altares do amor... Ah! Criatura pérfida!, que essa confissão custe a minha glória, a qual acabas de arrancar-me — diz Augustine em lágrimas —, deixando-se cair sobre uma poltrona.

— Da mais bonita boca do universo obtive a confissão mais lisonjeira que me seria dado ouvir — diz Franville, lançando-se aos joelhos de Augustine —

...Ah! Caro objeto de meu mais terno amor! Reconheci meu ardil e condescendei em não puni-lo de modo algum; é aos vossos pés que vos imploro graça; permanecerei aqui até obter meu perdão. Vedes próximo a vós, senhorita, o amante mais constante e mais apaixonado; imaginei necessário esse estratagema para sobrepujar um coração cujos obstáculos eu conhecia. Obtive êxito, bela Augustine? Recusareis, ao amor sem máculas, o que haveis condescendido em dizer ao amante culpado... culpado, eu... culpado do que haveis acreditado... ah! Podíeis supor que uma paixão impura pudesse existir na alma daquele que nunca ardeu de paixão senão por vós.

— Traidor, tu me enganastes... mas te perdoo... contudo, nada terás que me sacrificar, pérfido; e meu orgulho sentir-se-á até mesmo lisonjeado por isso; pois bem, não importa; quanto a mim, tudo te sacrifico... Está certo, renuncio com alegria para te satisfazer as torpezas a que a vaidade nos arrasta quase tão amiúde quanto nossos gostos. Sei que a natureza acaba por triunfar, eu sufocava por desvios que agora abomino de todo meu coração; não resistimos de modo nenhum a seu império; ela não nos criou senão para vós; não vos formou senão para nós; sigamos as leis dela, é pelo intermédio do próprio amor que ela hoje mos inspira; elas se tornarão para mim mais sagradas. Eis minha mão, senhor; eu vos tenho por homem de palavra, e feito para aspirar a mim. Se eu por um instante fiz por merecer perder vossa estima, por força de cuidados e ternura talvez venha a recuperar minhas faltas, e forçar-vos-ei a reconhecer que aquelas da imaginação nem sempre degradam uma alma boa.

Franville, no cúmulo de seus votos, inundando de lágrimas de sua alegria as belas mãos que mantém coladas à sua boca, levanta-se e precipitando-se nos braços que se lhe abrem:

— Oh, dia mais feliz de minha vida — ele exclama —, existe algo de comparável a meu triunfo? Trago de volta ao seio das virtudes o coração em que vou reinar para sempre.

Franville beija mil vezes o divino objeto de seu amor e dele se separa; comunica, no dia seguinte, sua felicidade a todos os seus amigos; a srta. Villeblanche era muito bom partido para que seus pais lho recusassem; ele a desposa na mesma semana. A ternura, a confiança, a discrição mais estrita, a modéstia mais severa, coroaram seu casamento, e se tornando o mais feliz dos homens, foi bastante hábil para fazer da mais libertina das moças a mais sábia e a mais virtuosa das mulheres.

COLEÇÃO DE BOLSO HEDRA

1. *Iracema*, Alencar
2. *Don Juan*, Molière
3. *Contos indianos*, Mallarmé
4. *Auto da barca do Inferno*, Gil Vicente
5. *Poemas completos de Alberto Caeiro*, Pessoa
6. *Triunfos*, Petrarca
7. *A cidade e as serras*, Eça
8. *O retrato de Dorian Gray*, Wilde
9. *A história trágica do Doutor Fausto*, Marlowe
10. *Os sofrimentos do jovem Werther*, Goethe
11. *Dos novos sistemas na arte*, Maliévitch
12. *Mensagem*, Pessoa
13. *Metamorfoses*, Ovídio
14. *Micromegas e outros contos*, Voltaire
15. *O sobrinho de Rameau*, Diderot
16. *Carta sobre a tolerância*, Locke
17. *Discursos ímpios*, Sade
18. *O príncipe*, Maquiavel
19. *Dao De Jing*, Laozi
20. *O fim do ciúme e outros contos*, Proust
21. *Pequenos poemas em prosa*, Baudelaire
22. *Fé e saber*, Hegel
23. *Joana d'Arc*, Michelet
24. *Livro dos mandamentos: 248 preceitos positivos*, Maimônides
25. *O indivíduo, a sociedade e o Estado, e outros ensaios*, Emma Goldman
26. *Eu acuso!*, Zola — *O processo do capitão Dreyfus*, Rui Barbosa
27. *Apologia de Galileu*, Campanella
28. *Sobre verdade e mentira*, Nietzsche
29. *O princípio anarquista e outros ensaios*, Kropotkin
30. *Os sovietes traídos pelos bolcheviques*, Rocker
31. *Poemas*, Byron
32. *Sonetos*, Shakespeare
33. *A vida é sonho*, Calderón
34. *Escritos revolucionários*, Malatesta
35. *Sagas*, Strindberg
36. *O mundo ou tratado da luz*, Descartes
37. *O Ateneu*, Raul Pompeia
38. *Fábula de Polifemo e Galateia e outros poemas*, Góngora
39. *A vênus das peles*, Sacher-Masoch
40. *Escritos sobre arte*, Baudelaire
41. *Cântico dos cânticos*, [Salomão]
42. *Americanismo e fordismo*, Gramsci
43. *O princípio do Estado e outros ensaios*, Bakunin
44. *O gato preto e outros contos*, Poe
45. *História da província Santa Cruz*, Gandavo
46. *Balada dos enforcados e outros poemas*, Villon
47. *Sátiras, fábulas, aforismos e profecias*, Da Vinci
48. *O cego e outros contos*, D.H. Lawrence

49. *Rashômon e outros contos*, Akutagawa
50. *História da anarquia (vol. 1)*, Max Nettlau
51. *Imitação de Cristo*, Tomás de Kempis
52. *O casamento do Céu e do Inferno*, Blake
53. *Cartas a favor da escravidão*, Alencar
54. *Utopia Brasil*, Darcy Ribeiro
55. *Flossie, a Vênus de quinze anos*, [Swinburne]
56. *Teleny, ou o reverso da medalha*, [Wilde et al.]
57. *A filosofia na era trágica dos gregos*, Nietzsche
58. *No coração das trevas*, Conrad
59. *Viagem sentimental*, Sterne
60. *Arcana Cœlestia e Apocalipsis revelata*, Swedenborg
61. *Saga dos Volsungos*, Anônimo do séc. XIII
62. *Um anarquista e outros contos*, Conrad
63. *A monadologia e outros textos*, Leibniz
64. *Cultura estética e liberdade*, Schiller
65. *A pele do lobo e outras peças*, Artur Azevedo
66. *Poesia basca: das origens à Guerra Civil*
67. *Poesia catalã: das origens à Guerra Civil*
68. *Poesia espanhola: das origens à Guerra Civil*
69. *Poesia galega: das origens à Guerra Civil*
70. *O chamado de Cthulhu e outros contos*, H.P. Lovecraft
71. *O pequeno Zacarias, chamado Cinábrio*, E.T.A. Hoffmann
72. *Tratados da terra e gente do Brasil*, Fernão Cardim
73. *Entre camponeses*, Malatesta
74. *O Rabi de Bacherach*, Heine
75. *Bom Crioulo*, Adolfo Caminha
76. *Um gato indiscreto e outros contos*, Saki
77. *Viagem em volta do meu quarto*, Xavier de Maistre
78. *Hawthorne e seus musgos*, Melville
79. *A metamorfose*, Kafka
80. *Ode ao Vento Oeste e outros poemas*, Shelley
81. *Oração aos moços*, Rui Barbosa
82. *Feitiço de amor e outros contos*, Ludwig Tieck
83. *O corno de si próprio e outros contos*, Sade
84. *Investigação sobre o entendimento humano*, Hume
85. *Sobre os sonhos e outros diálogos*, Borges — Osvaldo Ferrari
86. *Sobre a filosofia e outros diálogos*, Borges — Osvaldo Ferrari
87. *Sobre a amizade e outros diálogos*, Borges — Osvaldo Ferrari
88. *A voz dos botequins e outros poemas*, Verlaine
89. *Gente de Hemsö*, Strindberg
90. *Senhorita Júlia e outras peças*, Strindberg
91. *Correspondência*, Goethe — Schiller
92. *Índice das coisas mais notáveis*, Vieira
93. *Tratado descritivo do Brasil em 1587*, Gabriel Soares de Sousa
94. *Poemas da cabana montanhesa*, Saigyō
95. *Autobiografia de uma pulga*, [Stanislas de Rhodes]
96. *A volta do parafuso*, Henry James
97. *Ode sobre a melancolia e outros poemas*, Keats
98. *Teatro de êxtase*, Pessoa

99. *Carmilla — A vampira de Karnstein*, Sheridan Le Fanu
100. *Pensamento político de Maquiavel*, Fichte
101. *Inferno*, Strindberg
102. *Contos clássicos de vampiro*, Byron, Stoker e outros
103. *O primeiro Hamlet*, Shakespeare
104. *Noites egípcias e outros contos*, Púchkin
105. *A carteira de meu tio*, Macedo
106. *O desertor*, Silva Alvarenga
107. *Jerusalém*, Blake
108. *As bacantes*, Eurípides
109. *Emília Galotti*, Lessing
110. *Contos húngaros*, Kosztolányi, Karinthy, Csáth e Krúdy
111. *A sombra de Innsmouth*, H.P. Lovecraft
112. *Viagem aos Estados Unidos*, Tocqueville
113. *Émile e Sophie ou os solitários*, Rousseau
114. *Manifesto comunista*, Marx e Engels
115. *A fábrica de robôs*, Karel Tchápek
116. *Sobre a filosofia e seu método — Parerga e paralipomena (v. II, t. I)*, Schopenhauer
117. *O novo Epicuro: as delícias do sexo*, Edward Sellon
118. *Revolução e liberdade: cartas de 1845 a 1875*, Bakunin
119. *Sobre a liberdade*, Mill
120. *A velha Izerguil e outros contos*, Górki
121. *Pequeno-burgueses*, Górki
122. *Um sussurro nas trevas*, H.P. Lovecraft
123. *Primeiro livro dos Amores*, Ovídio
124. *Educação e sociologia*, Durkheim
125. *Elixir do pajé — poemas de humor, sátira e escatologia*, Bernardo Guimarães
126. *A nostálgica e outros contos*, Papadiamántis
127. *Lisístrata*, Aristófanes
128. *A cruzada das crianças/ Vidas imaginárias*, Marcel Schwob
129. *O livro de Monelle*, Marcel Schwob
130. *A última folha e outros contos*, O. Henry
131. *Romanceiro cigano*, Lorca
132. *Sobre o riso e a loucura*, [Hipócrates]
133. *Hino a Afrodite e outros poemas*, Safo de Lesbos
134. *Anarquia pela educação*, Élisée Reclus
135. *Ernestine ou o nascimento do amor*, Stendhal
136. *A cor que caiu do espaço*, H.P. Lovecraft
137. *Odisseia*, Homero
138. *O estranho caso do Dr. Jekyll e Mr. Hyde*, Stevenson

Edição _	Jorge Sallum
Coedição _	Bruno Costa e Iuri Pereira
Capa e projeto gráfico _	Júlio Dui e Renan Costa Lima
Imagem de capa _	Detalhe de *Moisés*, de Michelangelo
Programação em LaTeX _	Marcelo Freitas
Revisão _	Luis Dolhnikoff e Iuri Pereira
Assistência editorial _	Bruno Domingos e Thiago Lins
Colofão _	Adverte-se aos curiosos que se imprimiu esta obra em nossas oficinas em 31 de outubro de 2011, em papel off-set 90 g/m², composta em tipologia Minion Pro, em GNU/Linux (Gentoo, Sabayon e Ubuntu), com os softwares livres LaTeX, DeTeX, vim, Evince, Pdftk, Aspell, svn e TRAC.